わたしたちの名前

Ritsuko Suzuki
鈴木 律子

日本文学館

死すべき定めと知りつつ　なお愛し合うわれら　神にもまさる

ピーター・ヴィーレック『鷲』より

1

海のない、内陸の山から吹き下ろす風だけが有名な街でわたしたちは出会った。一九六〇年、共に中学二年……十四歳少し手前のことだった。

一九四七年、わたしたちは戦争を知っている親から生まれた『戦争を知らない子供たち』のひとりとひとりだったが、私はともかく、混血の赤ん坊は成長して秀麗な少女に成長していた。彼女は確かに戦争は知らなかったが、生涯、平和も知ることはなかったのではなかったか。

わたしたちが出会った街は、三方を山に囲まれ、まばらな住宅の間には碁盤の目のように田園が配され、至るところ緑のカーテンがこんもりとした秘密の匂いのする影を作った。海がない代わりに、大小の川が蛇の鱗《うろこ》のように煌《きら》めき、白い飛沫《しぶき》を上げながら流れ、街の人たちに美しさと涼やかさ川遊びの楽しさを提供した。その代償として大きな河はもちろん、ほんの小さな川でさえ容赦なく住民の命を奪い、地方新聞の片隅を小さく濡らした。

秋の終わりから春の初めまで、この地を襲う風は子供を亡くした親の絶叫を想起させ、炎のような砂塵が舞い上がる。東京から急行列車に乗り込めば一時間と少しで着く、北関東の近郊の街であり、県庁さえ配置されているのにもかかわらず人々は土着的で、まだまだ閉鎖性が抜けきらなかった街だった。この街で彼女と出会ったのは、稀有《けう》な偶然の成せる技だったのだろう。

彼女との祝祭の日々は一年にも満たない短さで終わりを告げた。それ以降も、実際に会った時間はほんのわずかなものだったにもかかわらず、私は彼女のピースを求めて彷徨《さまよ》い、あたかも獄中の無期懲役囚のように、希望に似た絶望と絶望に似た希望がかわるがわる、しかも唐突に現れた。

あの頃、彼女は魔女と呼ばれていた。それは終生、彼女につきまとった渾名《あだな》だったのではなかったか。わたしたちは、どこかメルヘンチックで謎の匂いのするこの呼び名を気に入っていた。他のものは余りに侮蔑的で、彼女にはとうてい似つかわしくなかったからだ。

私は、両親とひとりの「みどり」という名の姉を持ち、外から見れば限りなく普通に見える家庭で育った。両親は、初めての子供に緑という名を付けるほど自然を愛し、磊落《らいらく》に生きたのだったが、肝心のみどりはコンクリートのように硬い人間に育った。

そんな家族の中で、私は蒙昧《もうまい》な子供として生き、そのまま蒙昧な中学生になった。中学一年が終わろうとしている時、父がそれまで勤めていた会社を辞めた。面倒なことがあると我慢せずにあっさり辞める、それがこの頃の父流のやり方だった。父は設計士としての腕は一流だったので、紙一枚で新しい職場を見つけることができた。だが困ったことに、それまで住んでいたのが父の会社の社宅で、早急にそこを出なければならない。急遽《きゅうきょ》新しい住処を探しているうちに新学期が始まって、モタモタしているうちに一週間も経ってしまった。

その時、父が探してきた家は一風変わってはいたが、子供にはありがたくもない大きな木々に囲まれた風情たっぷりの家だったうえに、一年通った中学を転校しなければならない地区だった。私は何とも間の抜けた転校生として、新しい中学に通うハメになってしまった。このことが、その後の人生を大きく変えていくことになろうとは、この時は稲穂の一粒ほどにも思いはしなかった。人はすぐ先の未来にも盲目な生き物なのだ。

転校先の中学には失業中の父が付き添った。

林の家を出て三分も歩かないうちに、松と桜の点在する広大な公園と、流麗で雄々しい大河の間に小高く盛られた砂利道が、一直線に延べられている。それが高校に通学していた姉と、中学二年になったばかりの私の通学路になった。

両側には桜の木が等間隔に植えられていて、もはや若緑の葉がわらわらと生まれていたが砂利道に舞い降りた薄ピンクの花びらが、風もないのに私と父が歩く前で、ほろほろと舞っていた。まだ気候は安定せずチェスの盤のようにクルクル変わったが、風のない季節に突入する気配が何より私を愉快にした。父もご機嫌で、いつになくよくしゃべり、よく笑った。

「とーちゃん、まだ着かないの？」

「もう少しだよ」

どこまで歩いても新しい中学校は姿を現さない。

「とーちゃん、今住んでるとこ、なんか変だよね」

「そーかあー？」

「忍者の隠れ家みたい」

「あそこは、どこぞのお大臣さまがお妾《めかけ》さんを囲ってたとこだからね。外からは見えないようになってるのさ」

父の口から思わぬ言葉が飛び出して私は唖然《あぜん》とする。

「そんなとこどうして借りたん。不潔じゃん！」

「ちっとも不潔じゃないさ。少し前までみんな働くとこなんかなかったんだよ。農家は土地があってもどこも貧乏だった。貧しい家に生まれた女の人はかわいそうなもんだったんだ。人にはいろんな事情があるんだからね。色メガネで見ちゃいけないんだよ」

父の言を間違いだとは思わなかったが、私の中のどこかで拒否反応を起こしていた。私の気分はみるみる下降線を辿《たど》って、次第に身も心も疲れ、言葉を失っていった。

公園地区の家は街の北西のどんづまりにあり、転校先の学校からは一番遠い場所であることを、この時に父から聞かされた。やっと学校に到着した時は、山奥から都会に出た人間のように劣等感が小さな躰をさらに縮めていくような気がしたものだ。

どこをどう歩いたものか、私は二年五組の教室の前に立たされていた。廊下を歩いている時に、男子生徒が「転校生反対！　あんぽ反対！」などと揶揄《やゆ》したのだけは、はっきり覚えている。この年はいわゆる六〇年安保が締結され、それまで激しく繰り広げられた反対運動が一応の収まりを見せていた時だったのだ。

新しい中学は繁華街にほど近く、住宅が多かったために、生徒の数も多かった。それをさらにマンモス校にしたのは、わたしたち「戦争を知らない子供たち」なのだ。急激に膨れあがった生徒数に、学校側も大いに苦慮していたのだろう。確かに、これ以上生徒はいらないというのが本音だったに違いない。男子生徒の野次に「なかなかうまいことを言う」と、父らしく妙に感心していたものだ。

教室では、頭の上から三角に禿げた中年の男性教師が、「丸山のり子」と黒板に大きく書いた。私は、それが自分の名であるのだと解るのに少し時間がかかった。あまりに捉《とら》えどころのない平凡な名であることをこの場面で悟らされたからだ。

その教師の指示で一番後の席に座った途端、何か不吉な予感が脳天を走った。隣の席から顔も躰もでかく、吹き出物だらけの城田という女生徒が私を見下ろしていた。

城田は開口一番、

「あの先生の渾名、デルタ禿《はげ》っていうんさ。付けたの、あたし……」

そう言って、自慢気に右手の人差し指を自分の鼻先にくっつけた。城田が私に求めていることはよく解ったのだが、私は尊敬の眼差しを向けることもクスリと笑うこともしなかった。正確にはどちらもできなかったのだ。咽《のど》はカラカラ、上下の唇が取れたての蛤《はまぐり》のようにピッタリくっついて目線も定まらなかったのだから。

「どうして、あんな近い学校から転校してきたん？」

「…………」

「お父さんは何してるん？」

「失業中……」

やっと発した言葉がこれか。

「あんたのお父さん変わってるんね」

断固、否定もできない。

「家でも建てたんかい？」

「ううん、借家だよ」

二度目に発した言葉がこれだ。情けなさが身に染みる。

「だったら、転校しなくていいところに借りればよかったじゃない」

おおきなお世話だが、一理ある。

城田の顔が徐々に土佐犬みたいになってきて、私の転校初日は暗澹《あんたん》たるものになった。


次の日からは、さらにどす黒くたれ込めた雲が私の頭上を覆い始めた。

新学期のクラス替えがあったばかりで、皆まだ慣れない上に、新陳代謝が最も活発な年頃の生徒たちだ。目新しいことにはお腹を空かした野生の豹のように食いついた。その標的が、城田の投げた「私」という恰好《かっこう》の獲物だったのだろう。「変人家族」という城田の喧伝《けんでん》のお陰で、それは瞬く間にクラス中に広がっていった。マンモス校である転校先で、最初は山のカラスほど相手にされなかった私が、一週間足らずでこんな歪《ゆが》んだ形でクラスの注目の的にあいなったというわけだ。

誰も私に話しかける者もなく、誰も話しかける隙《すき》を与えてはくれない。誰とも顔を合わせないように校庭ばかりを眺めていても、窓ガラスには私の頭の上でクルクルパーをしている男子の姿が映ってしまう。学校にいる時間は百歳の老人のように歩みが遅く、その姿はのっぺらぼうだった。休み時間は西側にある裏門の傍の桜の木を眺めて過ごした。こんな時のために学校には桜を植えるのだろうか。

長い長い、一生よりも長い時間が過ぎ去ったように思えたある日、この地獄が終わる日がやって来た。引っ越した家が自転車通学が許される距離だったので、その日もやっとの思いで授業を終え、自転車置き場に向かった。家族を悲しませたくない一心で通った学校だったが、もはや限界だった。無自覚にペダルに足をかけた。このまま自転車を漕《こ》いで、どこまでも走ろう。走り続けて見知らぬ土地で倒れて死ぬのならそれでもいい。

心は騒ぐこともなく、シーンとして海の底にいるような静けさだった。サドルに尻を乗せようとした途端、目の前がシャッターが降りたように真っ暗になった。何のことはない、自転車もろとも横倒しに倒れていたのだ。痛みはなく、何か柔らかいものにフワリと包まれたような感覚だった。そのままそこに座って学校でも家でもできなかったことをやった。泣いたのだ。声を出さずに泣いたのだ。涙は待ったなしで流れ続けた。泣くことがこんなに気持ちよいものだとは、ついぞ思ったことはなかった。いつまで泣けるのかは見当もつかない。

「いつまでそうしてるつもり。あんた、そうとうな泣き虫だねえ！」

荒い口調なのに、どこか温もりのある凛《りん》と張った声が頭上から降りてきた。ふと泣くのを忘れて、声のする方を見上げた。その人は私の涙から生まれ出たかのように、虹のように立っていた。明るいブルーブラウンの瞳、瞳に似た色の髪、乳白色の肌、うっすらと赤みの差した頰。手足には青い毛細血管が川のせせらぎのように涼やかに走っている。両目の間からスッと盛り上がって徐々に高くなる形の良い鼻、神の造形物のような、淡いピンクの唇。背はスラリと伸びて細くしなやかな若木の枝に似ていた。目立たないように、短髪で黒っぽい服装で統一していたが、逆効果だった。

私は今まで泣いていたことをすっかり忘れて、服の上からでも心臓の在処《ありか》がわかるほど、高鳴るのを押さえることができない。

「風で自転車が倒れちゃって……」

「風なんて吹いてないだろ。あんたのクラスのブタが後から押したんだ」

思わず後を振り向いた。

「もうとっくに逃げちゃったよ。あんた、そこで長いこと泣いてたんだもん」

一瞬、時間が遡《さかのぼ》った。黒い影のようなものが、自転車が倒れる瞬間に私を支えようとして共に倒れ落ちたおぼろな映像だ。少女の黒い襞《ひだ》スカートが砂で汚れていた。私を支えた柔らかいものとは、この少女の躰だったのだ。

「私を助けようとしてくれたんですね。そんなに汚れちゃって、ごめんなさい」

そう言いながら、腰を屈《かが》めて少女のスカートの砂を叩こうとすると、

「そんなことしなくていいよ!」

笑いながら私の手首を掴んで制止した。誰の力も借りないぞ、といった強い目をしていた。

「あんた、五組の丸山のり子だろ」

「どうして知ってるの？」

「あたしも同じ二年だよ。転校生の噂は早いんだ。みんな目新しいものが好きだからね」

「でも……私はクラスのみんなに嫌われてる」

「あのブタがクラス全員に好かれてる？　あんたが全員に嫌われてる？　そんなことないだろ。ただの風向きに過ぎないよ」

「でも、どうしたら……どうにかなるんでしょうか？」

「明日、手足を包帯でグルグル巻きにして学校に来るんだ！」

「そしたら……」

「あとは自分で考えるんだね。それに、あたしに敬語使う必要ないよ。むずがゆくなる」

「じゃあ、クラスと名前を教えて。うまくいったらお礼を言いに行きま……行くよ」

「あたしは魔女だよ。みんなそう呼んでる。お礼なんかいらない！」

それ以上は聞くなとばかり、くるりと向き直って、桜のある裏門の方向に逃げるように走っていった。


次の日、私はことさら胸を張って教室に入った。

包帯だらけの私を見て、教室のあちこちでどよめきの波紋が広がった。

デルタが教室に入ってくるやいなや、真っすぐに手を上げて、一気に勝負に出た。

「先生！　席替えをしてくれませんか？　目が悪くて黒板の字が見えないんです」

「丸山、その手はどうした？」

目を丸くして駆け寄ってきたデルタ。

「足もか。目も腫《は》れてるぞ。どうしたんだ、言ってみなさい！」

「隣の席の人に聞いてみてください」

「城田、何か知ってるのか？」

「私は何もしてません。丸山さんの自転車が勝手に倒れちゃったんです」

「私は怪我をした理由を誰にも言ってません。どうしてあなたがそれを知ってるんですか？」

「だって遠くから見てたんだもん」

「遠くってどの辺ですか？　自転車置き場はすべて校舎に隠れていて、近くにいなければ見えませんよね」

城田と私は肩が触れそうに近いのに、心は教室の両端に離れているように声が大きくなっていく。

「押したりしてないよ。ただ背中をちょっと触ったら倒れちゃったんだもん」

勝負ありだ。もはや城田に逃げ道はない。

「目撃者がいたのは知ってましたか？」

「あんな娘の言うことなんか……不良で、魔女で、あの……あの……」

「知ってたんですね。その不良で魔女で、の人が私の下敷きになってくれたことも」

クラス中がシーンと静まって、風の向きが変わるのが見えた気がした。

デルタが城田に「丸山に謝りなさい！」と言った途端に城田は泣き崩れた。城田が少し哀れに思えた。だが、得も言われぬ快感も同時に味わうことになった。

私は転校先の中学のクラスの一員として、遅まきながら迎え入れられた。何年経ったのかもわからないほどに意識が混濁《こんだく》していたが、数えてみればたったの十五日だった。それまで「あの子」だった私は、「マルちゃん」という誉《ほま》れ高い渾名で呼ばれることになったのだ。

それなのに、一番会いたい少女にはなかなか会うことができなかった。これほどのマンモス校であっても、彼女の美しさは際だっている。まるで図鑑でしか見たことのない、見事に美しい羽を持った瑠璃《るり》カケスのようなのだ。群衆の中でも一目で気づくに違いない、そう思っていたのが誤算だった。クラスの誰かに聞けばよかったのだが、悪い情報も一緒に聞かされるのが嫌だった。思い余って尋ねた相手は私を怖がっている城田だ。

「あの娘は二組だよ」

さすが余分な注釈はつけない。今や城田にとっての魔女は、この私なのかも知れない。

「でもねえ、あの娘よく休むんだよ。誰ともしゃべらないし廊下にも出ないよ」

城田は私の気持ちを察してか、さらに付け加えた。

「晴れた日にたまに校庭にいることがあるから、そのうち見つかるよ」

二階の教室から瑠璃カケスが校舎に寄りかかっている場所を指し示して、

「あそこがあの娘の指定席なんだよ。女子は誰も近づかない」

何気なくバッタリ、そんな風に会わなければならなかった。そうしないと、また煙《けむ》に巻かれて逃げられてしまう、そんな気がした。休み時間のたびに、教室の窓からその指定席を見下ろして過ごした。それから二、三日後の神々のオセロ遊びがパッと白の勝利を決めた明るい日に、とうとう彼女を見つけた。全速力で階段を駈け降り、息を整えて近づいてゆくと、いつの間にか変声期のいがらっぽい声が彼女を取り囲んでいるのが見えてきた。

「お前んちのじいさん、アル中でヨレヨレじゃんか、何して食ってんだよ」

「お前、この前、男と街歩いてたんべ。夜、遅かったいな。あいつに金もらってるんかよ。いい玉だぜ」

男子は五、六人に膨れあがって、なおも増えそうな勢いだ。

「あたしを見たってことは、あんたたちも夜、街にいたってことだろ。自分たちだって不良じゃないか」

この辺りでは、街とは繁華街を指す。夜の街は、すなわち飲み屋が連なる小路を意味するのだ。

「母さんが東京で働いてるんだ。それでお金を送ってくれる。あんたたちには関係ないことさ！」

その答えが真実ではないことは誰もが認知できたが、少女の射抜くような鋭い目線は、男どもをたじろがせる気迫に満ちていた。私の膝は恐怖で震えていたが、それを少女に悟られたくはない。

「男が大勢でひとりの女の子を苛《いじ》めるなんて卑怯だよ。酷《ひど》いよ。うちの先生呼ぶからね！」

「俺たち苛めてなんかいないぜ。先生がいつも言ってるだろ。疑問があったらすぐ大人に聞きましょう、ってね。こいつ、もう大人だもんなケケケ……。お前、五組の転校生だんべ。こいつと関わらないほうがいいぜ」

男どもは、ちょうどいい引き際ができたとばかり、群れながら去っていった。ホッとしたのと、少女に会えて嬉しかったのとが交じり合って、ねじれた涙が頬を伝った。

「心配ないよ。あいつらひとりじゃ何にもできない。ただの弱虫さ」

少女は、前を向いて歩を止めずに言った。

「この前はありがとう。助かったよ。あれからずっと探してたんだ。名前も聞いてなかったからね」

「だから、あのバカどもも言ってたろ。あたしに近づくなって」

「そんなの気にしない」

「あんた、泣き虫のくせに強情だねー」

少女は私の方を振り向いておかしそうに笑った。乱暴な物言いとは裏腹に、可憐で屈託《くったく》のない笑いだった。

「名前、教えてくれない？」

「ミミっていうんだ」

「ミミ……ステキだね。で、本当の名前は？」

「本当の名前なんかないよ。だからミミなんだよ」

それ以上聞くなとばかりミミは語気を強めた。


いつの日だったか、ミミがこんなことを言ったことがあった。

「大昔は、みんな名前をふたつ持ってたんだ。産まれたとき目の前にあったものが、例えば青虫が通れば、その人の名前は『アオムシ』、風が吹いてたら『カゼ』……もうひとつの名前は成長の証《あかし》に絶対的信頼のおける人物が付けてくれるんだ。その名前を明かすのは、すべてを掌握《しょうあく》されてしまうということで、よほど信用できる人でないと教えちゃいけないんだ。小さい時育ててくれた人が、文化人類学で学んだことだと言って聞かせてくれたんだ。実際にあったことさ。現代はその必要もないんだけどね」

私はミミの、いつもの一流の冗談として受け止めていたのだったろう。名前なんか親が気紛《きまぐ》れに付けた記号のようなものだと考えていたのだから。そのことが、ミミにとってどれほど深い意味を持つものだと解るには長い年月を要した。どのくらい長いかと言えば、ミミがこの世の人ではなくなってからのことなのだ。

「じゃあミミ！　今日、授業が終わったら一緒に帰ろう。自転車置き場で待ってる。ずっと待ってる」

「だから、あたしは裏門から出るんだって！」

「でも、正門で待ってる。自転車置き場で待ってる！」

もはや彼女でも、あの娘でもなく、ましてやメルヘンの世界の魔女でもない。ひとつの名前を与えられて同年輩の今を生きる人間として、その姿をくっきりと現したミミという呼び名のこの上なく美しく凛然《りんぜん》とした少女。この日、正門で先に待っていてくれたミミを目に留めた時の溢れんばかりの喜びは、それ以降のどんな煩悶《はんもん》をも凌駕《りょうが》するものだった。

「ごめんごめん。待っててくれたんだね」

ミミはそれには答えず、無表情で裏門の方が近いのに、とわかりきってることを言った。

「いったん外に出て、ぐるっと回って裏門の方へ行こう」

「あんた、あたしんちに来るつもり？」

「そうだよ。うちは遠いんだもの。休みの日にでもおいでよ」

「あんた、思った以上に強引だ」

ミミに対しては、どこまでも強気になれる自分がいた。そうでもしないと、また名前を持たない魔女に戻ってしまうに違いない。

「知ってると思うけど、じっちゃんは朝から酔っぱらってるし、家はボロいよ」

「へーきへーき。うちだってボロいもん」

城田がいつか言ってた、「マルちゃん、気をつけたほうがいいよ。あの娘が住んでるとこ、妖怪長屋って呼ばれてるんさ。みんな近寄っちゃダメって、親から言われてる」……あれ以来、城田はすっかり改心して、毒気の抜けたぬいぐるみのクマみたいでなかなか可愛い。本気で心配してくれたのだとは思うが、ひとつ間違っている。みんなではない。少なくとも家《うち》の親はそんなことは言わないだろう。父の口癖は「何でも経験！」なのだし、母といえば、父の言うことがすべてだったのだから。

正門は校舎の北にあり、繁華街に通じる北側の大通りは舗装が進んでいたが、西側にある裏門からの道は、硬い黄土色の土がむき出しで続いている。裏門から続く細い路地があり、路地を西に曲がるとすぐに幅三メートルもあるかと思われる深い崖の下にある激しい流れの河にぶつかる。

「あの河に落ちて、よく人が死ぬんだ」と、城田が言っていた河だ。ここに落ちたら、たぶん命はないだろう。そこから少し歩くと小さな橋が架けられていて、その辺り一帯が格式あるクリスチャン系の女学校を中心に文教地区の体を成している。橋を渡ってさらに歩くと、どちらも北の大通りに通じるふたつに分かれた横道がある。左の道の横に、今度は沼のような川がぬらりと横たわっている。周りは草や灌木が繁茂していて、これはこれで怖い。小さな子供や老人なら足を取られて落ちれば、やはり溺れて死ぬかも知れない。裏門を出てからずっと川の反対側から甘酸っぱい漬け物の匂いが、のんびりと追いかけてくる。

ふと我に返ると、相手は私にかまわず先を急いでいる。次の瞬間、ミミは沼川沿いにひょいと曲がった。ミミの住処はここだとわかる一角が視界に入った。何らかの理由で廃屋になった鉄工所跡の周りに、かつては従業員たちの住居だったらしい気の利いたバラックのような家が三つばかり、ひれ伏すようにばらまかれている。

高度経済成長期はまだ始まったばかりで、こんな風に取り残された家屋は乳幼児の歯のようにポツリポツリと点在していたのだったから奇異な場所とはいえないが、周りの家々とは著《いちじる》しい不協和音を醸《かも》していた。

「ここだよ」

ミミは初めて私に顔を向けて言った。私が途中でいなくなるとでも考えていたのか「よく付いてきたね」という、声のない言葉を発信してきた。私は、はっきりとそれを読み取った。「試したんだね」私も無言で返した。その瞬間は、良くも悪くも昨日までの自分との決別を意味していた。遠くで潮騒の音が聞こえたような気がした。

遠い日のことだ。あれから数珠繋がりに日々は加速度を増して流れ、今では何事もなかったようにすべてが終わってしまった。しかし、妖怪長屋での日々のことは貯蔵された一本の映画のフィルムのように、いつでも取り出して脳裏の白い布に映し出すことができる。

2

その後の世界中が衝撃を受けたジョン・F・ケネディの暗殺やアポロ11号の人類初の月面着陸といったセンセーショナルな画像のように、私の脳にプリントされたものだったからだろう。私にとっては間違いなく未知との遭遇と言える日々だった。そこには誰も座ることのない暗い森の中の切り株のような謎が点在していて、私はこの短編映画を飛び出してからも半生をかけてその切り株を探し続けることになったのだ。

いずれにしろ、今はすっかり様変わりしてしまったこの地を思い描くと、小さい羽音が耳官の中で目眩《めまい》のように鳴り始める。次第に音は大きくなり、「ノンちゃーん！」というミミが私を呼ぶ声に変わっていく。

声のする方へ歩いていくと、そこにはミミのいた妖怪長屋が現れ、長屋に住む人々の様子が徐々に浮かび上がってくる。世界はたわわな光に満ちて、土の臭いとむせ返るような草いきれの香りが漂っている。

「また変なの連れて来たんだ！」

初めて出会ったマモルという名の少年の第一声だ。わたしたちよりひとつ下の少年は、私にミミを取られまいと必死で、その秀麗な瞳には怒気《どき》が含まれている。

「マモル、また学校休んだんだね」

「学校なんてバカがいくとこだろ」

「美智子さんが悲しむよ」

「そんなことないさ、先生より母さんの方がずっと教え方うまいもん」

美智子さんとはマモルの母親で、昼も夜も働いて、皆が寝静まった夜中に帰宅するという働き者だ。おまけに日曜には学校を休みがちなマモルたちに、日曜学校を開いて勉強を教えるという体力も知力も優れた超人的な人物だということだ。

この長屋のことは、皆のちょっとした会話から推測したもので、誰も好んで教えようとはしなかった。特にミミは質問嫌いで、例えば、どこにも見当たらないマモルの父親のことを訊ねたりすると「会社の面接試験じゃあるまいし」と、うまくはぐらかしたが、その後、少し不機嫌になった。

「こいつ、女おとこ、とか、もやしっ子なんて言われるから学校行くの嫌いなんだ。そうだろマモル？」

「ミミだって学校嫌いだろ？」

「そんなことないさ。勉強は好きだよ」

妖怪長屋の何々……そう言われることもあるのではないか。でもそれを聞くことはできなかったのだし、妖怪長屋という言葉すらこの長屋では聞いたことがなかった。

ミミとマモルは大家族の姉弟のような役割を担っていたらしかったが、マモルにそれを言おうものなら、「姉さんなんかじゃあるもんか」と、断固否定したのだった。

マモルは、フワリと巻いた黒髪と、濡れたような黒い瞳、ほっそりとした体躯《たいく》の姿の良い日本の少年であることは間違いなかった。

働き者の母親と美しい少年と少女。妖怪と呼ばれる要素はどこにもないと思われたが、それを覆《くつがえ》す人物が次々に登場して、私は大いに興奮を覚えたものだ。

「外で話してないで、うちに入んなさいよ」

そう言いながら、ひとつの家から出てきた人物は、ネグリジェを着て、髪にカーラーを巻き、髭そり跡が青い女装の男性だった。

「ああら、ミミちゃんのお友達？　うぶな顔してるわねー。そんなにびっくりしなくても、取って喰やしないわよ」

「びっくりなんてしてません。突然だったから、ちょっと驚いただけです」

「なかなか肝が据《す》わってるわ」

ミミとマモルが口を揃えて、

「いち子さんだよ。いいお姉さんなんだ」

もはや中年の域に入ったと思われる「いち子さん」は、おじさんでもお兄さんでもないことは確かなようだ。

「はじめてねえ、ミミちゃんの友達なんて」

「小学校の時、何度か来たよ。それもゾロゾロ」と、マモル。

「あれは、怖いもの見たさってだけさ。動物園の虎と一緒だよ」とミミ。

「一度来たら二度と来ないのが、ミミの友達ってわけさ」とマモル。

「あんたも来なくなるわよ」

今度はいち子さん。

「私は、そんなことありません」

「親がダメって言うわよ」

「うちの親はそんなこと言いません。言ったとしても来ます！」

「そんじゃいち子さん、ジェリービーンパーティーやろうよ！」

しばしの沈黙の後、マモルが放った言葉には、たぶん「合格」という意味合いが含まれていたのだろう。そこから、わたしたちのドラマが急速に滑り出していったことは、疑う余地のないことだったのだから。

マモルが、いち子さんの顔の前に手の平を突きだして上下させると、そこに百円札が三枚置かれた。まるで魔法だ。三百円といえば、この頃のお小遣いとしては法外な大金だ。

「マモちゃん、全部遣っちゃダメよ。タバコも買ってきてね。ふたつよ」

「わかってるよ、ゴールデンバットだったよね」

「わかってるくせにーマモちゃんはー。ハイライトよ、ハイライト！」

ハイライトは、この頃発売されたフィルター付きの画期的高級煙草だ。

「なーんだ。それ買うと、あんまり残んねえや」

ミミもあきれ顔だが、目が笑っている。

突然、ミミが何か思い出したとばかり、あわてていち子さんの家から飛び出した。少しして、赤ん坊のように小さな男の子を負ぶって戻ってきた。

「マコトっていうんだ。マコちゃんて呼んで。マモルの弟だよ」

そこに尾っぽを振って嬉しそうに後から付いてきたのがクロだった。マコトは自分の意志に反して躰が動いてしまう硬直型の麻痺があり、脳障害もある重複障害の子供だった。

「ミミ、マコトのこと忘れたことなんかなかったのに」と、マモルは私の顔を斜めに見上げて、憎々しげに呟《つぶや》いた。

「大丈夫だよ。クロが看《み》ててくれるから」

ここではミミはマコトのお守り役だったのだ。それは、本当の兄であるマモルの仕事ではないのか……そんな他愛ないことですら、見えない城壁が張り巡らされて、聞くことが憚《はばか》られたのだったと思う。

「この犬が……本当？」

このみすぼらしい犬が……そう言ってしまいそうになって口をつぐんだ。

「クロは特別なんだ。私の相棒だよ。何かあればすぐ知らせてくれるんだ」

「犬は犬だろ。ご飯も作れないし、トイレだって連れてけないぜ」

マモルの言葉が解るはずはないのに、クロは心なしか頭を垂れて悲しんでいるように見えた。

ミミたちは唐突に「ちょっと待っててね、小松屋で買い出ししてくるから」と、遊園地にでも行くようにすっ飛んでいった。小松屋というのは駄菓子屋の名だ。

「ほんとは、おミネさんと学者先生が看てるのよ。ふたりとも年寄りだし、学者先生はだいぶ惚《ぼ》けがきちゃってるから、まあ、ちゃんと看られてるかどうか疑問なんだけど、クロが助けになっていることは確かね」

そんな風に、いち子さんが話すそばから、ふたりの老人がいち子さんの部屋に上がり込んできた。おミネさんは、安物の銘仙の着物をでろりと羽織った、どこか仇《あだ》っぽい老女で、学者先生とやらは、高名な中国の賢者が隠遁《いんとん》生活しているのかと見まがうほど風情がある。おミネさんは、ぱっさりと短髪にしてあり、学者先生は長く伸ばした髪を後で束ねていた。ふたりともすっかり白髪で、仲睦《なかむつ》まじい夫婦に見えるが、いち子さんによると赤の他人だということだ。

「あたしは最近ここに入ったのよね。だからみんなのことよく知らないのよ。東京から来たらしいんだけど……。みんなあたしのこと家族みたいにしてくれて、毎日が楽しいわ。家はボロいけどね」

「いち子さんは、どうしてここに住むようになったんですか？」

「少し前、彼氏にふられて美智子さんの店でやけ酒飲んでたら、ちょうどひとつ部屋が空いたからって、美智子さんが誘ってくれたの。美智子さんてステキな人なのよ。

ちょっと前までミミちゃんも店手伝ってたのよ」

マコトの子守に夜の酒場の下働き、幼い頃からミミをそんな風に扱う美智子さんとは、いち子さんの言うようなステキな人とは考え難い。

「美智子さん、昼間はあそこの漬け物工場で働いてるのよ。ほんとに働き者なのよ」

美智子さんの人物像とは？　私にはますます結べない。

「いち子さんはどっから来たんですか？」

「おお、突然話がこっちに向いてきたわね。まあ、北の方よ。あたしの本名は榮太郎《えいたろう》ってのよ。家が栄えるようにって、でも飴じゃないんだからねえ」

「あのう、どうしてそういう風に、あの……あの……」

「どうして、『おかま』になったかって？　あんたも可愛い顔して聞きづらいこと聞くわねえ。たぶん、学者先生みたいな神様があたしを創ったんじゃないかしらね。でも、学者さんは昔はとても偉い人で、今も優しい心を忘れていないんだってこと目を見れば解るわ。時々、ホントの学者先生みたいな顔するもの」

思わず学者さんの目を見つめると、いつものトロリと溶ろけた目になっていて、おミネさんの手を撫でて無意味に笑っている。

「結局、どうしようもないエロじじいなのかしらねえ、アハハ……」

「ミミのおじいさんて、学者さんじゃないですよね」

「違うわよ！　あいつは工場の二階で寝てるんじゃない。昼の間は眠ってて、夜になると街に飲みに出かけるの。年がら年中赤い顔してるアル中じじいよ。あいつだけは嫌いだわ。あたしのこと変な目で見てさ。結構、渋い顔したじいさんなんだけど、怖い目してるの。ミミちゃんはあんなにいい子なのにねえ」

ミミたちがざわざわと戻ってくる音がして、そこで話は途切れた。

駄菓子の数々を広げた新聞紙の上に置いていくと、胸がわくわくと踊り出す。その中でも、ひときわ色鮮やかなジェリービーンズは駄菓子の女王だ。女王は真ん中に陣取って、ハッカ飴、ニッケ棒、きな粉飴、酢昆布、変わり玉、寒天ゼリーなどなど、地味だが味の良い侍従《じじゅう》たちが周りにはべっている。

「私、ジェリービーンズをお腹いっぱい食べるのが夢だったんだ」

「ちっちぇえ夢だなあ。お前んち、そんなに貧乏なんだ」

マモルは、どことなく嬉しそうだ。

「バカだなあマモルは、見ればわかるだろ。お金持ちほど、こういうものは食べないものなんだよ」

「うちはお金持ちなんかじゃない。お小遣いが少ないからたくさん買えないだけだよ」

「でも、これ、母さんにとっておくんだ。全部食べちゃダメだぜ」

「美智子さんがね、小松屋でジェリービーンズ買ったら、私にも少し残しておいてねって……子供みたいだろ。そのくせ英語は苦手だって、教えてくれないんだ」

低かった美智子さんの好感度が少し上がった。

「今度、お小遣い持ってくるから私も一緒に小松屋に連れてって」

マモルは目をキラキラさせて、「行こう、行こう！」と叫んで、小松屋の絶賛を始めた。

「すんごくいいおばさんがやってるんだ。この次来たとき一緒に行こうぜ。俺がおばさんにノンちゃんを紹介してやるよ」

マモルにとって駄菓子より好きなものは、そのおばさんなのかも知れない。お陰で私の呼び名も、「お前」から「ノンちゃん」に一気に昇格したのだった。

私は初日から何年も通い詰めた人間のように受け入れられたのが嬉しくて、用心しながらも、ピンポン玉のように弾むおしゃべりに加わることになったのだ。

そんな中でミミが唐突にハッとするような打ち明け話をするのを、驚きと共に聞くことになった。

「あたしね、ある児童施設にいたことがあるんだ。私を産んだ後、母親はすぐに死んじゃったらしいんだけど、傍に寝泊まりしていた年寄りの赤の他人が、親切に私を育ててくれたんだ。だけど、苛めが酷くてろくに外も歩けなかった。学齢期になって、混血の子ばかりの施設に入れられたんだ。そこならなんとか自由に暮らせるだろうって。誰からか、お金が送られてきて、お小遣いには困らなかったんだけど、なかなか買い物はできなかったな。道々石を投げられたり、店の人にあんたに売るものはないよ、なんて言われたりさ。……でも不幸だなんて思わなかった。いつかアメリカに行くんだ。だってアメリカは父さんの国だもの！　そう思うと胸がスーッとしたよ……」

ミミが自分の生い立ちを話したのは、これが初めてで最後だった。たぶんマモルも聞いたことはなかったのだろう、私と同じように目を見開いて一言もなかったのだから。それなら、なぜ今ここにいるのか？　育ててくれた赤の他人とは今どうしているのか？　それから、それから、と成長を続ける謎の種を口からポイッと投げ入れられたようで、それ以上は語られることのないであろう大きな種を唾と一緒にゴクッと飲み込んだのだった。

「あたし、ここが好き。この街が大好き！」

ミミは、ジェリービーンズを食べながら強い風が吹くように言った。それで充分な気がした。ミミはここだけのミミで、ここでしかミミでないのだ。それはこの時解っていた気もするが、そうでなかったかもしれない。記憶は、時としてありもしない嘘をつくものなのだから。

父はすでに勤め先が決まり、どんづまりの家は平安そのもの。毎日見続けた学校の桜がどこにあるのかも忘れ果て、暇さえあれば長屋に通い詰めた。今となっては楽しいことばかりが思い出されるのだが、その時間に戻ってみれば楽しいだけでは済まされないこともたくさんあったことが映し出される。マモルの目を盗んでミミとふたり、河原や山の麓、時には繁華街にも足を伸ばすことがあったが、どこでも黒い虫がゾワゾワと肌にまとわるように、通りすがりの人々の視線が、わたしたちに貼り付いた。

「あたしと歩くってことは、こういうことなんだよ。見られたら怯《ひる》まず見返してやるんだ。そうすれば相手の方が目を逸らす。生きるってことは毎日が戦いなんだ。生きるか死ぬかの戦い。そう思うと何も怖くなるよ」

ミミは特別だ。どうしてそんなに強いのかと訊ねたときに、ちょっとおどけた調子で言った。

「おれは、先ざきのことをみんな見通しているわけじゃねえが、しかし、どんなことが待っていようと笑ってそれに立ち向かってやる！ってね、アハハハ」

それは、メルヴィルの『白鯨』の中に出てくる乗組員スタッブのセリフだとミミが明かした。そういった本や偉人の言葉で武装して、ミミは戦いに挑むのだ。長屋の近くにも理解を示してくれる人もチラホラといた。焦げたコロッケを「これ、もってきな」と、手渡してくれる大通りの肉屋さん。同じく大通りのパン屋さんは、「油で揚げて砂糖をまぶすと、おいしいおやつになるよ」などと、パンの耳をどっさりくれる。そんな時は、銃を降ろした戦士のように、ミミもほろりとくつろぐことができたのだろう。

そんな中でも、噂のおばさんのいる小松屋は別格といえた。「おばさーん！」大声で呼びながら、皆で店に入ると、「あーい。よく来たねー」と、エプロンで手を拭きながら出てくる小さな人は、わたしたちがあれこれ物色するのを目を細めて眺めていたものだ。夏は白いキャラコの簡単服といわれる洋服を着ていて、縮んだおっぱいが時々見えた。他の季節は、手編みのセーターにもんぺを履いて、こざっぱりと清潔な印象だった。

店内には、泣く子も黙る魔法の食べ物がずらりとガラスの器の中に入れられていた。器の上に乗ったアルミの蓋がかわいらしくて、それを開けて、やはり小さなシャベルのようなもので紙の袋に入れてくれるおばさんも、漫画のキャラクターのようにかわいらしかった。誰に対しても一様に接し、贔屓《ひいき》も差別もしないおばさんは、いつもニコニコ目の縁《ふち》にいっぱい皺《しわ》を作って「ありがとね」と、小さい子の頭を撫でていた。

私とミミは、いつもジェリービーンズの前で鉢合わせして、どちらからともなく手を握り合った。ふたりで顔を赤くしているのを見て、「仲よきことは美しきことなり……武者小路実篤だよ」と言ったりした。そんな時、ミミも私もマコトのことを忘れ果て、気がつくと近所の子供たちに差別用語のオンパレードで囃《はや》されている。いち早くそこに駆けつけて、「そんなこと言ったらダメだんべ。子供ってもんはみんな偉いもんなんだよ。大人のいけないところを正すために産まれてきたんだからね」と、諭《さと》してくれるのはいつもこのおばさんだった。

マモルといえば、クジ遊びに夢中で何もしないくせに、ミミたちがぼんやりしてるからだよ、などと勝手なことを言い募る。

「小松屋のおばさん、いいよなー。俺、この世で一番好きだ！」

「そんなら、おばさんと結婚すれば」

「俺、確かに年上が好きだけど、おばさんもう百はいってるぜ。おれが年頃になるまで待っててくれるかなー」

二、三軒という近距離でありながら、小松屋への道はわたしたちの光明溢れる楽しい道だった。実際、小松屋の女主人は年寄りには違いなかったが、幾つぐらいなのか見当もつかなかった。

いち子さんの他にも、小松屋詣《もう》でには欠かせないもうひとりの人物がいた。知的に少し遅れのある、「タケにい」と呼ばれるかなりの大男だ。ほとんど言葉らしきものを発することはなかったが、昼夜を問わず仕事さえあれば喜んでどこにでも出かける好人物だった。「タケにいは、どんな仕事も文句を言わず、ニコニコ楽しそうに働くから誰にでも重宝がられてるんだ」、ミミはタケにいの顔さえ見ればいつも自慢気に言うのだった。

たまに、タケにいに出くわすことがあったが、会うといつも細い目を棒のようにして、ポケットから飴玉やビー玉、時には十円玉を手品のように渡してくれる。「いち子さんに比べると、だいぶしけてるよな」などとマモルが言ったりすれば、ミミは透明な肌を火のように赤くして怒ったものだった。

当時、どこの家でも競って買い集めたテレビに冷蔵庫、洗濯機という三種の神器といわれた電化製品など何もない長屋には、代わりに、アマゾンの部族のように少しの物でも皆で分け合う心と、軽妙でウィットに富んだ会話があった。

　未だ会えぬマモルたちの母親である美智子さんも含めて、ひとりひとりを胸の中で描いてみると、誰も妖怪などではなく至極まともで善良な人間に見える。ただ、時々、工場跡の二階からフラフラと赤い顔をして降りてきて、ミミに煙草を買いに行かせるミミのおじいさんには一向に親しみが湧かず、向こうも私にまったく関心を示すことはなかった。


　そうこうしているうちに、夏休みが近づいてきた。

　わたしたちの……そう呼べる夏休みは初めてのことだった。姉のみどりとは気が合わず、一緒に出かけてもケンカばかりしていたし、両親は子供の休みに合わせて何か計画してくれるようなこともなかった。いつも退屈な「私だけの」夏休みに過ぎなかったのだ。休みに入ったら、毎日、自転車で長屋に行こう。ミミたちも私の家に招いて、公園や河で遊ぶんだ……そう思うだけで躰が熱くなってくるのだった。

「学校の人間に、私と付き合っていることを知られないほうがいい」と、ミミが強く主張するので、いつもは一緒に長屋に帰ることはなかった。

「隠すことなんかないよ。悪いことしてるわけじゃないんだから」

そう私が反論しても、ミミは自分の考えを曲げることはなかった。

だが、その日は夏休みを二日後に控えて気が緩《ゆる》んだのか、裏門から出てすぐミミを見かけて走り寄った私を拒むことはせず、ふたりで手を繋ぎ合って長屋に向かった。

直後、ミミはグッと前を見据えて私の手を乱暴に振りほどいた。大きい河の方から、三、四人の女子が群れながら、こちらに向かって歩いてきたのだ。その顔に微かな見覚えがあった。あっと思う間もなく、ひとりの女子が居丈高《いたけだか》に声をかけてきた。

「マルヤマー、やっぱり魔女と付き合ってたんだ。噂になってるよー」

その顔は、私の、たった二日間バレーボール部の先輩と呼んだ三年の女子たちだった。

「あんた、退部届け出してなかったよねー。そんならまだ部員てーわけだ」

転校してすぐ獲物を狩るように教室まで入ってきて入部を勧めた先輩だ。

「でも確か、見学だけでいいからって、言いましたよね」

世界の強豪ソビエトに勝ち続けるほど、その強さを世界に誇り「東洋の魔女」と呼ばれるほど恐れられていたニチボー貝塚の女子バレーチームにあやかって、こんな田舎の中学まで、バレーボール人気は絶大だった。

「この人、とっくに辞めたって言ってるだろ。見学だけでいい、なんて言っておいて、いまさら詐欺みたいなこと言うんじゃないよ!」

ミミの言葉に、先輩たちがここぞとばかり一斉にミミの方に向き直った。

「あんた、関係ないだろ。合いの子のくせして!」

「どうもおかしいと思ったよ。最初から、あたしに因縁《いんねん》つけたかっただけなんだね」

「マルヤマー、合いの子と付き合うと染《う》つるって知ってた? うちの親が言ってたから、ホントだよ」

「いいですよ私は。でも、残念ながら色も白くならないし、足だって長くならない。目だって宝石みたいに綺麗になったりしない。どうしてでしょうねえ?」

「だからあ、合いの子は、合いの子らしくしてりゃいいんだよ」

先輩どもは私の言葉に耳を貸す気はないのだ。

「だから、あたしはあんたたちには近寄らない。あんたたちが近づいてこなければ済むことさ」

「生意気言うんじゃないよ。だったらマルヤマにも近づくんじゃないよ。合いの子は、合いの子と付き合ってりゃいいのさ」

「近づいたのは私の方ですよ。あなた方は神様ですか？　そんなこと言う権利は、誰にもないって、確かうちの親が言ってましたよ」

「おやおやマルヤマー。親のことを言ったら魔女がかわいそうだろー」

先輩どもは、わが意を得たりと薄気味悪いニヤニヤ笑いを始めた。

「あんたが、男に色目を使うって、もっぱらの評判だよ。合いの子って色きちがいなんだってね。親が親だから仕方ないんだけどさー」

「そんなこと、そんなことミミはしません、絶対に！」

「ミミ？　ミミって誰さ。そんな名前いらないんだよ『合いの子』っていう、ちゃんとした名前があるんだから」

「そんなことどうでもいいだろ。あんたらには関係ない！　それより早くコートに戻ってウサギ跳びでもしたほうがいいよ。下らないこと言ってると、そのうち『東洋のクズ』になっちゃうよ」

ミミは最後の一撃を放って走り出した。私もすぐに後を追うが、みるみる差を付けられる。背後から悔しがる先輩どもの罵声《ばせい》が追いかけてくる。

「色きちがい」「バカがいじん」「バイタ！」声を揃えて「お前の母さんパン助！」最後の声が放たれたとき、ミミはもう橋を渡り切っていた。

聞こえなければいい。その声がミミの耳に届かなければいい。そう願っても、その汚い言葉は河の反対側の崖に木霊《こだま》して、辺り一面、黒魔術の呪詛《じゅそ》のように響き渡ったのだ。ミミは前だけを見て走る速度を速める。長屋を通り越してそのまま走り続けた。

ふと見ると、クロが付かず離れず後を追っている。

小さくなっていくミミとクロを目で追いながら、私だけ長屋の前で足を止める。母が作ってくれたウールの上着のポケットをまさぐっていると、底のほうにほわりと小さな埃《ほこり》が手に触った。私はこの埃みたいだ。ミミを慰める言葉も持たない。ただフワフワと人の手にくっついている役立たずだ……無惨な思いで立ち尽くす。ほどなくして、長屋に戻ってきたミミは息を切らして言ったのだった。

「あたし、ノンちゃんが考えてるより、足、速いだろハハハハ」

横からクロがミミの足をそっと舐《な》めていた。


夏休みが始まってすぐ、四十度近い高熱を出した。置き薬の熱冷ましを飲むと少し下がるが、一時間もしないうちにまた跳ね上がるという状態が三、四日続いたのだったと思う。さすがに呑気な母も、タクシーを奮発して街で一番大きな大学病院へ私を連れて行った。

年老いた医師の診断は腎盂炎《じんうえん》一歩手前というもので、「そうとう無理したんですな」と、母を責めるように言った。幸い母は、医師の苦言などまったく気に留めていない様子で、「遅い知恵熱らしいよ、アハハ……」などと呑気に父に話していた。

「病を得る」という言葉があるが、病が運んでくるものは悪いことばかりではない。しだいに気が立ってきて、快癒《かいゆ》に近づいた私は退屈しのぎに家の本棚の中から、ヘルマン・ヘッセの『車輪の下』を取り出して読み始める。次はトマス・マンの『トニオ・クレーゲル』……本読みに没頭している私の姿を見て、父が「ほーっ」と言って口の端が緩んでいたのが、今でも懐かしく思い出される。しかし、どの本を読んでもそこにはミミがいた。

そのうちに病もすっかり癒《い》えてきたのだろう。ミミの長屋に行きたくなってきた。ミミと本の話をしたかったが、短いまどろみの中でミミたちの長屋がすっぽりなくなっていたり、「もう来るな！」と、ミミやマモルに怒鳴られたりする幻影が見えて、私はすっかり怖じ気づいてしまっていた。

夏休みも終わろうとしていたある日、玄関からミミの声が聞こえたような気がした。幻聴なのか、それともまだ脳の端に熱が残されていたものか。ミミは一度もこの家に来たことはなかった。詳しく教えた覚えもない。

「のり子ちゃん、いますか？」

そこにいたのは猛暑日だったのに涼しげな顔をしたミミだったのだ。後ろからひょっこり顔を覗かせたのはマモルだ。

「まあ、オズの魔法使いのジュディ・ガーランドみたいねー」

などと、後から出てきた母が東京弁で言ったりしたので、玄関先で笑いが起こった。

白地にブルーの水玉のフレアーのワンピースに赤いベルトを締めたミミは、眩しいくらいに艶《あで》やかで、一ミリだって魔女らしいところは見当たらない。あの時、身を挺《てい》して私を守ろうとしたのに、結果としてこんなに悩ませてしまった……そう感じて、精一杯おしゃれをして、勇気を出してこの家を訪ねてくれたのだったろう。

「どうしてここが判ったの？」

「ノンちゃん、いつもこの家のこと話してたもん。ぜんぜん迷わなかったよ」

次いでマモルが、

「だって、人が住んでいそうな家って、この辺じゃここしかないもん」

「それもそうだわねえ。ここが家に見えたってだけで凄いわよ」

母は東京弁を崩さずに言ったので、またしても笑いが渦巻いた。

家に上がってジュースでも……と母が勧めると、

「普通の家は、冷蔵庫の中にバイヤリースオレンジがあるんだよね。おばさん！」

すかさず言ったマモルの言葉に、ミミが顔を真っ赤にした。

「あー、友達が来てるのかい。久しぶりだね」

父は、土曜も日曜もなく仕事に追われていて夜も遅かった。それなのに、この日はたぶん日曜日だったのだろう、さすがに家でのんびりしたくなったらしく、昼の真っ盛りに家に戻ってきたのだった。母はどちらかというと誰かの面倒をみるというのが苦手な人なのだ。その点、父は子供好きで扱いもうまい。改めて記憶の中の父に熱い感謝の意を表したい。父がいなかったらこの一日が特別に幸福な日になることも、ミミにとってその後の長い暗渠《あんきょ》を彷徨うような暮らしを支え続け、生涯の心の糧《かて》となることもなかったのだ。

父は家に入るとすぐ、わたしたちの目の前で背広やワイシャツをポイポイ脱ぎ捨て、ランニングにステテコ、麦わら帽子、首に手ぬぐいを巻いた山下清のような格好で、「父ちゃんは河にスケッチに行くぞー!」と言いながら外に飛び出していった。

わたしたちは、父が渡してくれたお金で、河の反対側にある公園の売店でアイスキャンデーを買って、それをベンチで急いで舐めてから河に走った。河原の防波堤の辺

りにいた父を見かけて三人が駆け寄ると、

「おー、よく来たねー、中学生諸君！」

父らしい歓迎の表明だ。

「おじさん、ミミも絵がうまいんだよ」

マモルがいつになく謙虚に言うと、父は初めて会ったはずなのに、懐かしい人を見る時のような、緩んだ笑顔をミミに向けた。

「そうかー。じゃあミミちゃん、これに描いてごらん。後ろには薄青い山が控えているし、周りの緑は風が吹くたびに色を変える。河は太陽の光を受けてキラキラと目に痛いくらいだ。中洲には釣り人がたくさん憩っている。河原の石ころは白い腹を見せて、笑い転げる子供みたいだ。どうだい、いい絵が描けそうだろう」

父は、絵を観るよりうまく川岸の風景を言葉にした。

ミミにスケッチブックを渡してしまって手持ち無沙汰に足を広げて座っている父に、マモルが矢継ぎ早に質問攻勢を始める。このためにマモルはミミに絵を描かせたかったのだと解って、私の中で密かな笑いが込み上げる。

「おじさん、サラリーマンだよね」

「おー、よくわかったね」

「背広着て黒いカバン持ってる人って、サラリーマンに決まってるもん」

「でも、今はただのおじさんさ。背広もカバンも捨ててきたからね」

「おじさん、ほんとは絵描きさんになりたいんじゃない？」

「まあ夢だな。絵描きじゃ食べられないからね」

「大人も夢、見るんだね」

「そりゃそうさ。人間の半分は夢でできてるんだ。だから、辛いことがあっても生きられる。夢に年齢は関係ないんだよ」

「そういや、ヘビやカエルは夢見ないよね。おじさん」

「そりゃわからないさ。聞いてみたことがないからね」

父もマモルも、いつもと同じようで少しずつ違う。

「チンパンジーはたぶん見るぜ。だって遺伝子が人間とほとんど一緒だ」

「おじさん、そんなんで会社で仕事できるの？」

「まあ、君に心配してもらわなくても大丈夫さ、ハハハ…」

「ねえ、おじさん。僕の弟は言葉がしゃべれないし、何にもわかんない。それでも夢なんか見るの？」

「君の弟さんは、しゃべれないだけで何でも解ってるんだよ。当然、夢だって見るさ」

「そうかなー。見たこともないくせに」

「おじさんは千里眼だからね、何でも見えるのさ。君の夢はなんだい？」

「僕ねー、たくさん見るよ。大金持ちになる夢。そしたらなんだってできるだろ」

ミミは、めったにないこのひとときを、絵を描いて過ごすのはもったいないと感じていたのだろう。マモルと父の会話をニコニコしながら聞いていたが、

「ミミちゃんは絵を描かないのかい？」

そう父に言われると、黙って下を向いた。

「そうか、じゃあ、おじさんがふたりの似顔絵を描いてあげるよ。あんまり似てないかもしれないけどね」

そう言った父は、スケッチブックと顔をミミの方に向けた。

「あたしはいいです……」

「恥ずかしがることはないんだよ。君はラファエルロの聖母みたいだ」

ミミは恥ずかしがったのではない。注目されることを恐れたのだ。たいていそれは、いつも差別用語に繋がるのだったから。

「ラファエルロの人ってみんなデブじゃん。ぜんぜん似てないよ」

あわてて私がそう言ったのだったと思う。

「目で見えるものがすべてじゃないさ。もっと奥の方で見るんだ」

「それってどこ？」

マモルが真顔で訊いている。

「ずっと奥の方さ。それは指さすことも教えることもできない」

父は、その見えないところで見たミミを描き始めた。太っていて少しも似ていない。マモルはそれを見て、「うん、ミミじゃないけどミミだ」と、納得したようだった。

「人がどう思おうとそんなこと気にせずに、自分を強く信じるんだ」

「どうやったら信じることができますか？」

「それは、おじさんにもわからないなあ。ドイツのゲーテって人がね、『わからないことがあったら生き続けていけ、いつかわかるときが来る』って言ってるよ」

そこに、唐突にマモルの歌声が割って入った。歌は、その時流行《はや》っていた『アカシアの雨が止むとき』という徹頭徹尾救いようのない悲しい歌だ。それなのにマモルは、自分の声に酔いしれて、離れたところで拍手が起こると、得意満面嬉しくて堪らない様子。

「うん、確かに君には芸能の神が宿っているんだなあ」

父はしばらく困ったように言い淀《よど》んでいたが、

「君たちは、好きなことがたくさんありそうだね」

「うん、小松屋でお菓子買ってクジ遊びすること。小松屋って、おじさんみたいないおばさんがいるんだ」

「それは楽しそうだ。でも君たちは、もっと泥棒になる必要がありそうだね」

それには一同びっくりして言葉を失う。

「音楽は感性泥棒、読書は感情泥棒、絵画は感覚泥棒、哲学は全身泥棒なんだ」

三つの声が「ふーん」と重なって、三つの躰が「それで！」と、前のめりになった。

「それらは、いくら盗んでもお巡りさんには捕まらない。盗めば盗むほど心と躰に貯まってきて、いつかいっぱいになって外に溢れ出してくるんだ。それこそが自分のものだ」

「でも、盗んだ物はいつか誰かに盗まれちゃうよ」

「盗まれたっていいんだよ。盗まれれば盗まれるほど味わい深くなるんだ。ぬか漬けとおんなじさ」

三人の胸にめくるめく豊饒《ほうじょう》の時が舞い降りた。

「おじさん！　俺、泥棒する。いっぱいする。いいぬか漬けになる」

「おう、いいねえ！」

河から涼しい風が来て、みんなの火照《ほて》った顔を順繰りに撫でていった。

「ねえおじさん、ミミは？　ミミは何になったらいい？　ミミはすごく頭がいいんだ。偉い人になれるよね？」

「聖母マリアは偉大だ。愛がいっぱいだ。それを自分のためじゃなく、人のために与えて歩く。これ以上偉くなる必要があるのかなー」

それからマモルに向かって、

「君は反対に、人を頼り過ぎちゃいけない。他人の夢の中には決して入ることはできないんだよ。自分だけの道を見つけることだ」

この時、父の言ったことがミミたちのその後を、それとなく予見していたのはなぜだろう。記憶がうまくつじつまを合わせたのか、それとも父には本当にミミたちのその後が見えていたのだったか。現在に至っても説明はつかない。

「こんなに楽しい日は生まれて初めてでした。あたし、一生、忘れません。ありがとうございました」

ミミが別れ際に言った言葉に父はなぜかあわてて、そんなこと言わないでまたおいで、何度でも……遠慮することはないんだよ。

学校が始まってもおいで、日曜においで……私もそう言ったのだったろう。父がふたりの似顔絵が描いてあるスケッチブックをプレゼントして、それを抱えたふたりの姿が、スケッチブックより小さくなった時、またの日は二度とないことを私は知っていたような気がする。雨も落ちていないのに私は頬を濡らしていた。そして次の日、私は十四歳になった。

3

「みなさん、長い夏休みはおもしろかったですね。みなさんは朝から水泳ぎもできたし、林の中で鷹にも負けないくらい高く叫んだり、また兄さんの草刈りについて上の野原に行ったりしたでしょう。けれども、もう昨日で休みは終わりました。これからは第二学期で秋です。昔から秋はいちばんからだもこころもひきしまって勉強のできるときだといってあるのです。ですから、みなさんも今日から又いっしょにしっかり勉強しましょう」

二学期の初日に、早々長屋にすっ飛んでいった私に、ミミがどこからか拾ってきた木のミカン箱の上に乗って、厳《おご》かな調子で披露した、宮沢賢治の『風の又三郎』の一節だ。ああ、またミミたちとの生活が始まるのだ。好きなだけ長屋生活を謳歌できる

んだ。しかし、続けてミミが言った言葉は、

「マルヤマノリコさん。あなたは躰があまり丈夫ではないのです。それに、秋は学校の行事も多いのですから、クラスの人たちとも親しくやっていかなければなりません。だから、ここに来るのは、週、二回くらいにしなければなりませんよ」

周りの聴衆たちもざわつき出して、マモルなど文句ばかり付けている。

「ミミ、冗談はそれくらいにして、せっかくだから楽しく遊ぼうぜ。俺、みんなで小松屋にいきてー」

ミミは、なおも厳格な態度を崩さずに、

「これからは、もう子供じみた遊びはやめましょう。わたしたちはもう中学生なんですから……」

「今までも中学生だったぜ」

マモルの言葉に吹き出して、ミミは鮮やかな笑顔をつくった。

「ねえ、みんな、泥棒ごっこしようよ。ノンちゃんのお父さんの言った、泥棒！」

「うん、やろうやろう！　でも俺、小松屋には行くよ。俺が行かなきゃ、おばさん泣

いちゃうよ」

「あたしだって小松屋には行きたいよ。だから泥棒が上手にできた人には、小松屋のお菓子をご褒美《ほうび》にするんだ」

マモルも知らなかったところをみると、ミミがひとりで密かに決めたことらしかった。おかげでわたしたちは、父の言葉の本当の意味、その無尽蔵《むじんぞう》な喜びにはまっていったのだった。わたしたちは競って次に泥棒するものを探したのだったし、そのためには、知識のありそうな人を見つけては面白い本を紹介してもらい、美術の先生にはその歴史や画家の逸話などもしつこく聞いて、「あなたに何が起こったの?」と、あきれた顔をされたものだ。

音楽は、唯一長屋にあった電化製品、ジージーと雑音の入るラジオで、この頃、頻繁にあったクラシック番組にチャンネルを合わせて、バッハやモーツァルト、シューベルト、ドボルザークなどを皆で聴いた。最初の音で誰の曲というのを言い当てるクイズには、マモルが抜群の能力を示して、モーツァルトの名曲、『アイネ・クライネ、ナハトムジーク』がかかると、『アイツ・キライネ・クラゾウジーク!』と、我が意を得たりとばかり、工場の二階に顔を上げて叫ぶのだ。クラゾウが、酔っぱらいのミミのおじいさんであることは明白だった。

本や絵画についてはミミに敵《かな》う者はいない。数学や化学は、何となく気乗りがしないのでパス。長屋の中学生諸君は、絶対的に芸術指向が強かったのだ。特に熱心にミミに覚えさせられたのは、リルケの『マルテの手記』の中の『一行の詩のためには』の長々しくも美しい文脈だった。……一行の詩のためには、あまたの都市、あまたの人々、あまたの書物を見なければならぬ……それからそれからと連綿と続いていく「知らなければばならない」ことごと。私とマモルは、本を読んでも何を言いたいのかまるっきり解らない。マモル曰《いわ》く……リルケって結局バカなんだよな、それだけ知るには千年かかるぜ。人間が詩を書くのは無理ってことじゃん……マモルの言い訳は、いつも的を射ていて、この方面ではミミにも負けてはいなかった。

やがてマコトやクロ、おまけに部屋の中で達観していた学者さんやおミネさん、稀《まれ》にはいち子さんまで外に出てきて一緒に楽しむことができた遊びが、絵画のごっこ遊びだった。

「ダビンチ」「ピカソ」「ムンク」「ルノアール」などなど、その雰囲気を躰で表現するのだが、マコトは、複製の絵の切れ端でも見せると、クネクネと躰を曲げて、結構うまくその絵の感覚を表現した。わたしたちはもちろん、大人たちまでがお腹を抱えて笑うのを見ると、得意そうに躰を後ろに反らす。マコトこそ感覚泥棒の達人と言えただろう。マコトの傍にはいつもクロがいて、マコトの声を真似て笑い声のような泣き方をした。それを聞くと、またひとしきり長屋に笑いのリレーが始まるのだった。

秋が深まるにつけ、十九世紀のフランスはバルビゾンの農民画家と呼ばれるミレーに遊びは集中していった。『種蒔く人』『落ち穂拾い』『晩鐘』など、秋の絵ばかりではないが、その敬虔《けいけん》な静謐《せいひつ》さは、やはりこの季節にふさわしいと思えたからだ。ひとつ不思議だったのは、そんな遊びが好きそうなタケにいの姿が一度も見られなかったことだ。

秋の夕日が長屋の西、すなわち私の家のある方向に落ちかかるとき、誰かが「ばんしょう！」と叫ぶと、皆で横一列になって太陽を背に祈りを捧げると、正にミレーの世界がわたしたちの前に立ち現れる。あの時、わたしたちは本当に祈っていたのだ。この何ものにも代え難い福音の時に、どうか終わりが来ませんように……と。

それでも、始まりがあれば必ず終わりはある。冬の始まりと共に「もう泥棒ごっこは終わりだよ。後はひとりひとりが自分でやるんだ。これからは、ごっこ遊びじゃなく本当の泥棒の時間さ。なにひとつ無駄にはならないよ」というミミの言葉で終わりを告げた。あっけない終わりに落胆を隠せない私に、

「ねえノンちゃん。今度の土曜日、街に出よう……マモルに内緒で。終わりの儀式だよ。終わりはいつも何かの始まりなんだ。気を落とすことはないんだよ」

この街の繁華街は、その頃の私にとって世界一晴れやかな場所だった。小松屋とは比べものにならない大きな専門店が居並んで、それらのものが全部詰め込まれた大型デパートも何軒か高く聳《そび》えて専門店を睥睨《へいげい》している。

何より、行き交う人たちのミミに対する無関心さが嬉しかった。もしかしたら時代は早急に変わっていくのかも知れない……そう思うと、私の気分も歩くごとに昇って

いく。坂下の大衆食堂でオムライスとクリームソーダ。すべての店を冷やかして歩き、老舗《しにせ》の本屋に入ると、ミミが一冊の本を私にプレゼントしてくれた。すべてはミミの采配で、ミミのお金で……こんなの贅沢《ぜいたく》すぎるといくら私が拒んでも、ミミは笑って平然としている。せっかくの一日だとしてもどこか心細くなっていく私に、ミミは「今日のことはすぐ過去になっちゃう。一歩前は過去で、一歩先は未来なんだ。今なんてほんの一瞬だ、人生も一瞬。だから何も心配することはないのさ」そう言ったのだったと思う。それがミミの人生哲学だとしても、少しばかり投げやり過ぎる気がしたが、あえて反論はしなかった。ミミと言い争いをしたくなかった。せっかくの一日なんだもの。だいいち勝ち目がない。

しばらく街中を徘徊しているうち、せっかちな初冬の太陽は一気にその身を落とす。この繁華街は二つの河を持つ。ひとつは文士が好みそうな情緒ある水量の多い河で、もうひとつは細くて流れの緩い色っぽさのある川だ。飲み屋が連なる小路は、細い川の中程で直角に曲がったところから始まる。日暮れ時になると、提灯と街灯の明かりが赤い筋になって川面に流れる。暗くなるにつれ川は次第に真っ赤に染まっていった。

「美智子さんの店……入る？」

しかし、これ以上遅くなれば常夜灯の途切れた砂利道を通過する怖さと家族の心配が……それでも、美智子さんに会いたい気持ちの方が勝つに決まってる。

「帰りなら心配ないよ。送っていくから」

きっと、マモルとふたりで送るという約束ができているのだろう。それなら早く言ってくれればいいのに……。一軒の店の引き戸を開けると、そこに夢にまで見た「美智子さん」がカウンター越しに立っていた。

「ノンちゃんね？」

美智子さんは、期待どおり美しい人だったが、予想に反して華やかさも強靱《きょうじん》さもない。どう見ても水商売には向かないほっそりとして楚々《そそ》とした雰囲気の人だった。白いブラウスに紺のタイトスカート姿、薄化粧をした美智子さんは、中流家庭の主婦のようで私は少なからず意表を突かれた。

「ミミやマモルに聞いているから初めてって気がしないのよ。いつもマコトに優しくしてくれてありがとう」

昼間は漬け物工場で働いていると聞くが、品の良い立ち居振る舞いで少しもやつれたところが見えない。美智子さんこそが最も妖怪めいている。

「みんなに働き過ぎって言われるけど、今が一番楽しいのよ。誰かのために働けるってことは幸せなことなんだと思うわ」

「それにしても美智子さん、少し働き過ぎだよ。丈夫なほうじゃないんだから」

「マモルとマコトのために長生きしてね……でしょ。もちろんミミのためにもね」

「あたしはいいよ。もう充分だよ」

なんだか、別れの言葉みたいだ。

さて、そろそろ、と歓待してくれた美智子さんの店を辞するために腰を上げた時、ひとりの白い髭を蓄えた物腰の柔らかな紳士が「しのさん、来ましたよ！」などと艶《いろ》っぽい笑みを浮かべて入ってきた。光沢のあるグレーの背広に高級そうな黒い革のカバンを下げた人物だ。美智子さんの顔が芙蓉《ふよう》の花のようにしっとりと咲いた。十四歳と言えば感覚的には大人と変わりはない。この男が美智子さんの何者であるか、当然のように理解した。

「ノンちゃん、帰ろう！」

ミミはそそくさと席を立って、男に尻を向けたまま挨拶もしない。

「ノンちゃん、早く！」

私の背を片手で押して、もう片方で引き戸を開けた。そして大きな声で言った。

「さようなら、美智子さん！　さようなら」


自転車を止めて置いた街の外れまで引き返そうとした時、

「黙っていたけど、あたし、これから用事があって東京に行くんだ」

「ええ！　もう真っ暗だよ。明日にすれば」

「大丈夫、慣れてるから。それに今日じゃなきゃダメなんだ」

「帰って来るんだよね」

「う、うん」

その時、ミミは私の自転車のハンドルをギュッと掴んだ。中心を失って倒れかかった自転車を、いつかのようにミミが躰で止めた。その顔が間近にあった。わたしたちはそっと唇を重ねた。出会ったときからずっと、ふたりはこうしたかったのだ。これがわたしたちの自然だった。それなのに喉元まで悲しみが押し寄せてきて、鼻がズルズルしてきた。

「ノンちゃん、今は泣かないで！」

気圧《けお》されるほど強い調子で言ったミミ……。あたしも泣いてしまうから……そんな風に言葉を続けたかったのかも知れない。ミミはもう帰ってこないつもりだろう……いくら私が止めたところで、一度決めたことを覆す人でないことはよく知っていた。言葉と一緒に涙も飲み込んだ。

「学校の裏門の所でクロが待ってる。ノンちゃんを送るよう言ってあるから……」

そのままくるりと向きを変えて駅の方向に走っていったミミ。

このあたりで脳裏の中の映像は剣呑《けんのん》な縦線がザーザーと入り込む。そこでフィルムはプツンと切れて、ＦＩＮも出ないフェードアウトだ。

私が少女時代のミミを見たのは、それが最後だったのだから。

ミミが去ったその日、夜半から強い風が吹いた。いよいよ冬が始まる。凍りつくほど悲しい冬が。

次の日、私は空っぽな気持ちで学校に向かったのだと思う。あのクロと一緒の帰り道、砂利道の途中で涙が枯れるほど泣いたのだった。クロだけが頼りだった。クロはすべてを解ってくれていた。クロは私の横にピタリと張りついて、微動だにせず私を暖め続けたのだった。泣きはらした私の目を見ても家族が何も問わなかったのは、クロが何か魔法を使ったのではないかと疑った。学校に着くと、そんな空っぽさは一気に吹き飛んだ。長屋のクラゾウじいさんが沼川で溺れ死んだという話で持ち切りだったのだ。ミミが失踪した、ミミが殺《や》ったのかも知れない、ミミはあのじいさんを恨んでいた、じいさんは評判の悪い人間でミミにも悪さをしたのかもしれない、ミミが殺ったんだ！　そうに違いない……と話は展開していった。

矢も盾も堪らず長屋に走った。川の周りには警察の人たちが調査中で、遠巻きに近所の主婦たちが固まっている。そこを通り過ぎようとした途端、ヒソヒソ話が耳に飛び込んできた。

「何年か前にもあったよね。大きい河の方で……」

「前の男も大酒飲みで、軍歌なんか歌いながら川沿いをフラフラ歩いてたよね」

「でもあの男たち、いつも一緒だったけど、時々ひとりでいたこともあったよね。ケンカでもしたんだろか」

「おまけに両方ともあの風だろ、みんな吹き飛ばされちゃって証拠なんか残っちゃいないよ」

「じゃあやっぱり、事故じゃないってこと？」

「おーこわ！　あそこに関わると呪われるって噂だよ」

「警察が調べるだろ。あたしたちは知らないふりしてるのがいちばん」

「だって、ほんとに何も知らないじゃない」

「でもさー、あのアメリカの娘、どっかに逃げちゃったらしいよ。怪しいんじゃない？」

前の男？　それはマモルたちの父親なのかもしれない。私はその人の名前すら聞かされていない。思えば長屋のことは何でも知ってるつもりでも、実のところ何も知らない自分に気づかされて愕然《がくぜん》とさせられる。肝心のミミのことですら、私は何も知ってはいないのだ。　ただひとつ、どうしても譲れないことがある。ミミは殺っていない、ということだ。ミミといて悲しいと思ったことはあったが、哀れだと思ったことは一度もない。ミミは毅然《きぜん》としていつも前を向いていた。怜悧《れいり》で聡明で、何でも自分で解決した。誰かを恨んだりもしなかった。けれど、それを声にしてこの場で言うことはできなかった。泣きたかったが泣けなかった。「ノンちゃん、ほんとに泣き虫だねー」……そう茶化して笑うミミがいなければ泣くことすら空しかった。

さっきの主婦たちが全員、後ろを振り向いて口々に私を嘲《あざわら》っている幻が見え隠れした。そのガバッと開けた主婦たちの口の中が漆黒の闇で、その舌だけがチョロチョロと赤い。大きい河の橋の欄干から下を覗き見ると、幾つもの白い男のお面が不気味な笑いを浮かべて流れていく。長屋に通っているときは聞いたこともない河音が、ゴウゴウと爆音のように轟《とどろ》いている。

私はその後、学校に戻ったのか家に帰ったのかすら覚えていない。夢とも現《うつつ》ともつかぬ夜の暗闇の中で、それは幾度も出現して脇の下に汗をかいて布団を剥《は》いで飛び起きる。しばらくの間そんな日が続いて、とうとうまた四十度近い熱を出し、今度は一週間学校を休んだ。

幸か不幸か学校の噂はそれ以上広がりを見せず、そのままあっけなく消えていった。二組の教室を覗くと、最初からミミなどいなかったのだ、と言わんばかりの平静が戻っていた。時々マモルを校庭で見かけたが、近づこうとすると逃げていってしまう。

その後、パタリとマモルの姿を見かけなくなった。どこかに越したことを噂で聞いた。

一か月ほどしておそるおそる長屋に行ってみると、一面の更地《さらち》になっていて、そこに住んでいた人たちの消息を知る者もいなかった。小松屋のおばさんも知らないと言うばかり。

時が経つに連れて、うなされるようなことはなくなったが、砂利道を通る時に、河や公園を眺めるたびに、教室から校庭を見渡すごとにミミたちの想い出は勝手に動き出してしまう。

私が地元の高校に上がると同時に、父は小さな設計会社を興し、その地の中学が間近に見える東の外れに小さな家を建てた。クロは、あの日から当然のように私の家に住み着いた。鎖に繋がれるようなこともなく家の前の松の根方に居《きょ》を定めて、神のような慈愛を湛えた目でわたしたちを見守り、共に暮らした。それなのに、新しい家に住むことはかなわず引っ越しの日に息絶えてしまった。亡骸《なきがら》はタオルにくるまれて丁重に運ばれ、新しい家で植えられたばかりの松の根方に埋葬された。「クロの墓」と書かれた木の墓標は、日に日に朽《く》ちていき、私は何もかも忘れたいと願った。もう悲しいことは考えたくなかった。十五歳のちっぽけな躰で気楽に生きて、ちっぽけな大人になればいい。もう泥棒はしない。そんな風に考えていたのだと思う。

4

二十歳の夏、私は世田谷にある某大学の二年生になっていた。

漱石の『三四郎』にあるように、東京はどこまでいっても終わらない。いつになっても煌《きら》びやかさは変わらない。十五分も歩かないうちに終わってしまい、三分も歩けば知り合いに出会う。そんな郷里の繁華街が、間延びした倦《う》むべき街に思えた。帰省するのも面倒だった。大学や下宿よりも渋谷や新宿で過ごすほうが長くなり、しだいに歓楽街のディスコやスナックが私の大学になった。出会いも別れも嘘も真実も紙一枚より軽い。どこか馴れ馴れしくそのくせ本当の顔を見せない、私はそんな歓楽街に魅せられていった。

そこでは、新しい仲間が降って湧いたように現れる。何度も同じ場所で会ってはたむろす人間には、その躰や顔、出身地や本名から取った呼びやすい渾名を冠せられた。肩を組んで十年来の友人のように遊び回り、たった一日でそれきり現れない人間も多かった。我々は紛れもなく『東京漂流民』だった。それだからこそ、そこでは呼び名が必要だった。それがすべてだった。

いろんな名が通りすぎたが、「マルタ」と「カエサル」は、最後まで一緒にいた仲間だった。カエサルはなかなかの色男だったが、お金を借りても返さないからカエサル。小太りのマルタは大金持ちの息子とかで、高級アパートを自由に使える身分だった。まだ高校生だという噂もあった。私の呼び名は、相変わらず「ノン」だった。ここには貧富の差、出自、学生、非学生の差別も区別もなく、何の制約もなかった。あるとすれば夢や希望について語ることはなく、その日暮らしで平和主義、それに怠惰であることが仲間の旗印だった。誰も聞かず誰も言うこともなかったが、何か大切なものを失ったか、あるいは何かに失望したことが隠れた絆を生んだのではなかったか。このままいけば、私は歓楽街に湧いた一匹の蝿として、いつか叩き潰される運命だったのかも知れない。つましく暮らし仕送りしてくれる家族のことなど微塵《みじん》も考えになく、ミミのことは思い出すことすらなかった。

誰の口からか「サキ」という名がたびたび出てきた。その時はまだ会ったことはなかったが、あばたで猫背、どちらかの足を引きずって歩き、薄気味悪いと言われていたが、その知識の深さと財力で皆に一目置かれていたようだった。噂ではその頃、ベトナム戦争の反対運動からなる「べ平連」を始めとする学生運動の萌芽《ほうが》があり、その先導者とも言われていたが、これも疑わしい話だ。

私がサキに初めて会ったのは、歌舞伎町の外れにあるゴールデン街の中の「ロートレック」というおかまバーだったと記憶している。マッチ箱のような店が蛇腹《じゃばら》のように軒を連ねていて、どの店も垂直な二階を有していた。昼のうちは閑散としてゴーストタウンのようだが、夜も深まると次第にさまざまな酔いどれたちが店から店へと渡り歩いて、どこかレトロで独特なひとつの独立国家のようだった。売春防止法が施行される前は無認可の売春街、いわゆる青線地区だったことは誰でも知っていた。

　ロートレックには故郷のいち子さんに声や年齢が似通った、いち子さんよりずっと美形なママさんがいて、かなりの博識でなぜか昔の泥棒ごっこを思い出させた。「ロートレック」というだけあって、絵についてはかなり詳しく、文学も音楽もそれなりに話ができた。

　そんな時、サキはどうしていたのだったろう。わたしたちの話に加わることもなく、夜なのに黒いサングラスを掛けて、ハイボールを飲みながら難しそうな本を読んでいたような気もするが、薄暗い店内で暗い服を着たサキの記憶はぼんやりしている。

　その年の秋の始まり、いつものようにロートレックに顔を出すと、カナさんがカウンター越しに私の腕を掴んで「今すぐ家に帰りなさい！　お父さんが危ないそうよ、今すぐよ！」と言った。

なぜカナさんが私の故郷を知っているのか？　なぜ父が危ないことが解ったのか？　そこにいたカエサルたちは、「ノン、すぐ帰りな。こんなことしてちゃいけないぜ！」と大合唱になった。私が帰る電車賃がない、と泣きべそをかいていると、皆でお金を出し合って、「これで全部、俺たちはサキとマルタがいるから大丈夫」

半信半疑ながら、私はその足で新宿駅に走った。なんとか最終便に間に合って、家に着いたのは真夜中になっていた。姉が私の胸を叩いて「何してたんさ、どこに連絡してもいないんだから。ひどい格好して！」と泣いた。私の着ていたサイケデリックな原色模様の服を見れば、どんな生活ぶりだったかは一目瞭然だったろう。

母も私の顔を見て安堵したのか、堪えていたものが溢れ出した。母は姉と違って私を責めるようなことはひとことも言わなかった。それどころか「間に合ってよかった」と父の死が近いことを伝えた。

父は肝臓癌だという。会社を興してから、接待、接待で好きでもないお酒を飲んでは、家で吐いていたということだった。

「あの大食いの父さんが、食欲がないってどんどん痩せていってね。病院に連れてって切開したら、あちこち転移してて、もう手遅れだったんだよ」

父は正月どころか、まだ枯れ葉も木に留まっている秋の中盤には不帰の客となった。まだ五十一歳だった。ひとつの大きな太陽が沈んだ。母と姉には半年、私には三か月しかその猶予は与えられなかったのだ。

二か月ほどして、父が意識がはっきりしている時に描いていたというスケッチブックが見つかった。父の遺体と共に運んだ病院の荷物の中に入っていたものだ。そこには、何枚もの人物像が、最後のほうは殴り書きのように描かれていたが、わたしたちには誰の顔を描いたものかがすぐに解った。そこには一足先に死んだクロの絵もあった。

「ねえミーちゃん、もう思い切り泣いてもいいんだよ。父さんには聞こえないから」

「そうだね、父さん嫌いだったよね、わたしたちがメソメソ泣くの」

素直に同意する姉。

父のスケッチブックの最後のページに、ミミとマモルがいた。そこには、『聖母マリアとその弟子』と書かれてあった。あの日の凪がそこに渡っていた。

父には病気を告知しないよう皆で決めて、最後まで明るい演技を続けたのだったが、

「父さん、入院する前から自分の死期を知ってたんだね。だからこれは父さんの遺書なんだよね」

「そうかも知れない。父さんも最後まで演技うまかったよね」

哀しみだけがふたりを繋ぎ合った。私がミミたちの絵を見つめていると、

「ノン、その子たちに今でも会いたい？」

めったに泣かない姉の目から大粒の涙がポロリと転がり出てきた。

「もう昔のことだよ……けど……けど」

頭の中で、例の映写機がカラカラと音を立てて回りはじめた。父のスケッチブックに描かれていたあの夏の日には、姉とミミとの「つづき」があったのだ。

「ミーちゃん、何か隠してるだろ。ミミに何か言ったんじゃない？」

「命令したわけじゃないよ。お願いしたんだ」

「どっちだって同じさ。あんたは妹と付き合う資格のない人間だって……」

「ノンになんて言われようと、あの時はああするのが一番いいと思ったんだよ」

高校生だった姉は、夏休みのテニス部の合宿の帰り道だったという。わたしたちが手を振り合っていた。ミミは真っすぐ前を向いて歩いていた。わたしたちが見えなくなったところでこっそりミミたちを待って、その目をその肌をその全貌をはっきりと見たのだ。

「それで、ミミはなんて？」

「その時はそのままやり過ごして後を付けたんだ。近所で評判を聞くと、怖がって誰も答えてくれなかった」

「それで、日を変えて行ったんだね？」

「あの子は立派だったよ。言葉遣いも態度も」

「それで？」

「あの子は言ったんだ。お姉さんの言うとおりです。これ以上付き合えば、のり子さんにとって悪影響を及ぼすことになってしまうかも知れません。わたしもこの街を離れなければならない事情があります。ご心配なさらないで、もう少し、もう少しだけ待ってください。楽しい想い出だけを作ります。だからもう少しだけ、冬が来るまで……そう言って、深々と頭を下げたんだよ」

あの時のミミの奇妙な言動、泥棒ごっこを始めた本当の理由、突然の別れ……すべてが腑に落ちた。

「あの子はノンのためにこの街を離れたわけじゃない。いろんな事情があってそうするんだって……」

「確かにそうかも知れない。でも、それで街を出るのが早まったって気がするんだ。それでもミミに言ったことが正しかったと思ってる？」

「それは変わらないよ。どんな時代になったって、あの子はノンの手には負えない」

「そんなことない！　ミミのこと何も知らないくせに！」

「それは解るよ。あの子は、このことは決してノンちゃんには話さないでくださいって。私とノンの関係が崩れないようにって配慮したんだと思う。もう二度と、この街には戻りません、て、きっぱりと……」

姉も辛かったに違いない。わたしたちは苦しさで喘《あえ》ぎながら話を続けた。

「だけどそれはそれだよ。ノンはもう一度大学に戻りなさい。まだ父さんの残したものがあるし、私だって働いてる。ちゃんと大学を卒業して母さんや天国の父さんを安心させるんだ。学歴は立派な財産なんだよ。それを棒に振るようなことしちゃいけない。もうつまらないことは考えないで学問に励むんだよ」

「つまらないこと？」

「どうしてそんなに突っかかるん。家族よりあの子のほうが大事だって言うの？」

「家族は家族さ。一緒にはできない」

「じゃあ、あの子は何？」

私にとってミミは何なのか？　いずれにしろ姉の言い分を認めるわけにはいかなかった。

「ミミは、ミミは私の人生の教師だ。生涯の恩師だ。父さんはミミを聖母マリアって呼んでたんだ。私をいっぱいの愛で包んでくれる、正しい方向に導いてくれる人間だって思ってたんだ！」

私の気持ちが固まった瞬間だった。

「財産なんかいらない。もう一度、東京に戻って今度は働く。自分の足で道を切り開く。そして、もう一度ミミを探してみる！」

「バカ！」

姉の顔が醜く歪んで、再びわたしたちの繋ぎ目はほどけた。


東京には親しくしている親戚はひとりもいなかった。父の葬式の芳名録を見ると、何人か東京に住所がある人物がいたが、母はまるで知らない人だと言う。同じ丸山という姓の人がいたので遠い親戚の人ではないかと踏んだ。香典の額が他の人より断然多額なところをみても、父とは縁の深い人ではないのか。「そう言えば……」と、母が父のスケッチブックを持ち出してきて、ひとりの少年が描かれているページを開いた。

「この人、たぶん同じ村の、父さんにゆかりのある人だと思うんだけどね。こいつ、東京で成功してるんだ、って懐かしそうにポツリと言ってたけど……」

スケッチブックの中で照れくさそうに笑っている少年はなかなかの美形だ。下に

「ただしちゃん」とある。もう一度、芳名録を見ると、「丸山　匡」とそれらしき名前。住所は東京の世田谷だ。おまけに電話番号までご丁寧に書かれてある。

はっと思うところがあった。もはや中年になってはいるが、この辺りには見かけないタイプのあか抜けした人物が、庭の離れた所でひっそりと父を見送っていた。あの人とこの少年は同一人物ではないのか。棺の中の父にお別れを言うシーンで、ひときわ目を赤くして、「喜朗さん！」「ヨシさん！」と父の名を何度も呼んでいる姿が記憶に熱い。その後、その姿は早々と消えていた。父を慕っている人物。親戚は親戚でも何か事情のある人物……それはもはや確信に近かった。

思い切って電話を入れてみる。胸の高鳴りを押さえて聞く呼び出し音。聞こえてくるその人の声は柔らかい。私の事情を手短に話して、どんなところでもいいから、東京に住処と働き口を、と丁重にお願いしてみると、「いいですよ。日時がわかれば、経堂の駅で待ってます。一度、家にいらっしゃい」と、あっさりと承諾してくれた。親しみ深い口調に、また父を想って涙ぐむ。「父とはどんな関係なのですか？」と、さりげなく聞いてみると、少し間があって、「腹違いの弟です……」そう小さく答えた。

再びの東京だった。東京にも、まどろんだ空がある。つまやかな暮らしがある。懸命に働く人々がいる。爛漫《らんまん》の春がある。一度目の上京では、ついぞ知り得なかった東京がある。ミミと別れて七年、父が死んで半年以上が過ぎていた。

「家はこのすぐ近くなんですけど、そこの喫茶店でお茶でも飲んでいきましょう。いろいろ聞きたいこともあるでしょうから」

ただしさんは、どこまでもソフトでスマートで都会的だ。田舎っぽくお腹の出ていた父とは、見た目には少しも似ているところはない。

「わたしは、よしさんが大好きでした」

そこでただしさんから出た言葉は、父が自分の実家のことをわたしたちに話すこともなく、まったく交流を持つことのなかった私の疑問に対する答えがあった。

父の家は近村の資産家で、立派な屋号を持つ村一番の土地持ちだった。農繁期になると、作男、作女たちが住み込みでやって来て、汗だくで大きな土地と格闘していた。その中に、東北の寒村からやって来た色白で目立って美しい作女がいて、父の父、私の祖父が、身篭《みご》もらしてしまったということだ。そのお腹の子供がただしさんというわけだ。祖父は大きな敷地の一番端に、その娘のために小さな家を建ててやり、事実上、本妻と妾が同じ敷地内で暮らしたのだという。ひと時代前の桎梏《しっこく》の農家でのこと、ただしさんとその若い母親が、どれほど肩身の狭い思いで暮らしていたか想像に難くない。

「小さい頃、夕食の時が一番嫌いでした。皆にねめまわされ、まるで針のむしろでした。ご飯は咽《のど》を通らず、私はガリガリの痩せた子供でした。見かねたよしさんが、自分が運ぶから別々に食べたほうがいい、と父親に頼んでくれたんです。母に弱かった父はすぐに承知してくれました。よしさんは、『お腹が空いたら、食べなさい』と、内緒でジャガイモや卵を余分に付けてくれました。母もよしさんには感謝していたと思います。自分の古里に逃げ帰ったところで居場所さえなかったでしょうから。ひっそりと隠花植物のように生きていた母でしたが、突然の病で大奥様が亡くなってお屋敷に上がることになったのです」

「大奥様、お屋敷！　時代錯誤もいいとこですねー」

「ええ、それで最初はお前たちが母さんを殺したの何のと、よしさん以外の兄弟姉妹には酷い扱いを受けましたが、母もだんだん強くなって、何しろ二十も年が離れているんです。父は母の言うなりでしたから、前妻さんの子供を追い出すのに必死でした。その頃の母はもう欲の塊で、あんなに良くしてもらったよしさんを追い出すようなことまでして……」

ただしさんは、その時のありさまが蘇ったのか、コーヒーカップを持った手が小刻みに震え、急いで置いた受け皿の上に茶色の水溜まりができた。

「よしさんが先に、私もその後三年ぐらいして家を出たんです。少しの資産を分けてもらって、それから家には帰っていません。田舎に電話が入ってから時々入れていましたけど、母も帰って来いとは言いませんでした。私の弟が生まれていましたから、それが後を継いだのです。まあ、さほどの資産は残されてなかったでしょう。戦後の農地解放という制度のお陰で、土地の半分以上は、それを貸していた小作人たちのものになったのですから」

「ただしさん。父はただしさんのお母様を恨んでなんかいませんでしたよ、絶対に。

貧しい寒村の生まれでも、自分の力で運命を切り開いたあっぱれな女性だと思っていたに違いありません」

「わたしですらその頃の母は嫌いだったのに、なんでまたそんな風に思うんです？」

「父はそういう人間でしたから」

「よしさんは良い結婚をして良い家庭を築いたんですね。葬式の時もそれがよく解りました。実は、その母がよしさんの死を電話で知らせてくれたんです。私はよしさんに合わせる顔がないって泣いてました。母も年をとりました」

「私たち家族は命ある限り父と共に生きるでしょう。人間には『想い出寿命』というのがあるんだ、だからいつ俺が死んでも悲しがることはないんだよ……そんなことを言ってました。それに、父を心の糧にしている人が……」

ミミのことは、まだ話すべきではないだろう。冷たい茶色の液体と一緒に、たくさんの言葉も飲み込んだ。

「昔の話はこれくらいにして、わたしの家に行きましょう。わたしは戦争が終わってからアメリカに渡って経営学を猛勉強したんです。今は小さなホテルを経営しています。今日はゆっくりして、明日からおいおい考えることにしましょう。あなたにはどんな仕事が向いているのかな？　ああそうそう、よしさんは絵を描くのが好きでしたね。わたしもよくモデルになりましたよ。冗談ばっかり言ってよく笑わされてました。わたしの子供時代の一番楽しい思い出です」

「あのー、ただしさんの奥さんはさっきの話は知っているのでしょうか？」

「まったく知りません。ケイトにはそんなこと理解できないでしょう。アイオワの田舎育ちで善良そのもの。あなたが来ると聞いて楽しみにしてますよ」

「アメリカのひと……なんですか？」

「そうですよ。メイという子供もいます。まだ小学生ですが、五月の光みたいに明るい娘だからあなたとは気が合うでしょう」

ケイトたちとわたしは、すっかり意気投合した。東京での再出発は大成功に終わるのではないか、母や姉に仕送りができるくらいまでになるのではないか……私は有頂天になっていた。

半月後、私は銀座にある画廊に勤め始めた。住処もひとまずここに、少し電車の乗り換えがあるけれど……そう言って、ただしさんの所有している参宮橋のアパートをただで貸してくれたのだった。銀座は画廊の激戦区で画廊同士の繋がりも深く、客も、画家はもちろんのこと、作家や音楽家、企業家など名のある人も多かった。社長は四十代後半の商売熱心な好人物で、ほとんど画廊にはいなかった。その下で働く辰子《たつこ》さんという三十を超したキリリとした独身の女性が、私の指導に当たることになった。狭く薄暗い画廊だったが、絵の揃いは他より断然多かった。

「丸山さんはうちのいいお客さんなんですよ。温厚な紳士で絵のことも詳しいから、こちらも勉強になります。仕事場では、とても厳格な方だと聞いています」

この仕事は華やかそうに見えて大変な才覚と品格が求められますから、服装と言葉遣いには気をつけて、と辰子さんは続けた。

「叔父とは事情があって最近出会ったばかりなんです。小さなホテルをやってるって……」

「丸山さんは銀座にある一流ホテルの経営者ですよ。あと、新宿にも一軒、それも外国の要人が泊まる立派なホテルです」

なるほど、それならたくさんの絵が買えるだろう。あの世田谷の家の広さ優美さも納得がいく。一か月経って、私はろくな働きもできなかったのに、給料の多さに仰天した。

初めて手にした自分のお金だ。そのお金を持ってさっそくゴールデン街のカナさんの店に走った。あの時、カエサルたちに借りたお金を、遅ればせながら返すために。

「あのままあの生活を続けていれば、ろくなことにはならなかったわね。お父さんは、あなたを立ち直らせるために亡くなったのかもしれないわ。何かを失って堕《お》ちていく人間が立ち直るには、もっと大切なものを失わなくてはいけないのかもしれないわね」

東京に戻ってきた顛末《てんまつ》を話すと、カナさんはそう言ってしんみりとしながら喜んでくれた。

「高い志を持つ者にとって、ここは人間の幅を広げ、賢くしてくれる道場のような場所なのよ。これからは心おきなく、いろんな話ができるわね」

「サキは、サキはまだここに来るんですか？」

「たまに……、長居もおしゃべりもしないけどね」

「サキは何でも知っているって聞きましたけど、聞きたいことがたくさんあるんです」

「そう、言っておくわ。でも、サキはお酒と煙草のやりすぎで咽を痛めてるのよ。おしゃべりは苦手みたいだし」

そう言えば、サキとは何度か会ったが、どんな声なのか覚えていない。

「カエサルたちはいつ来ますか？　お金、返したいんですけど」

「気紛れだから……。でも、サキがここの飲み代を払ってるんだし、返してもらったことないんだから。ノンだって返さなくていいわよ」

「それじゃあサキに渡してください。あの時のお礼だって」

「わかったわ。ホントはあの時、サキが言いだしたことだものね」

あの日のことを考えてもサキのことは思い浮かばない。

「カエサルにそっと耳打ちしたのよ。マルタもいなかったし、みんなたかりの名人だったから、たまにはね。それでみんな人のために何かをするのは気持ちがいいって知ったのよ。マルタは大学に入ってちゃんと通ってるらしいし、他の人たちも、この頃あまり顔を出さないわ。いい方に変わったんじゃない。そんなに悪い子たちじゃなかったもの」

サキは、カエサルたちが東京という魔の国へ堕ちていくのを必死にくい止めていたのかも知れない。

そう言えば、カナさんに重大なことを聞き忘れていたことを思い出した。

「あの時、私の父が危ないってこと、どうしてカナさんが知ってたんですか？」

「簡単なことよ。下宿のおばさんが、家賃は送られてくるのに人間が帰って来ないって、大学の事務室に電話を掛けたのよ。それで、事務室でもノンを探してることが解ったの。ここに電話があったのはその事務室からよ。緊急だもんだからノンと親しかった学生にここを聞き出したらしいのよ」

人間、有頂天になると必ず落とし穴が待っている……そういったことは故郷でミミから学んでいるはずだった。しかし、何度落とされてもすぐに忘れるのもまた、人間というものなのだ。

漂流の民だった頃には想像もしなかった緊張が、画廊という職場には存在した。辰子さんからは、案の定、立ち居振る舞い、言葉遣いなどに厳しい指導の矢が放たれた。私は、絵画の歴史はアフリカのイコンから現代美術に至るまで勉強していたが、それが何の役にも立たないことをすぐに知らしめられたのだった。絵のことを知っていると言っても、私はその号数や画法、管理の仕方、その前に美味しいお茶の煎れ方さえも解らなかった。ましてや、客の興味がありそうな絵をどう勧めたらいいのやら……前途多難、郷里では画廊という場所に入ったことさえなかったのだから。ただ、辰子さんが細かく言うのは人としての基本的なことだけで、絵のことは何も教えようとはしなかった。

文化と歴史とプライドの街、銀座にも私はなかなか馴染むことはできなかった。意気込んで上京して何もかもうまくいくと考えていたのに、この狭い画廊ではただしさんの口利きがあったから仕方なく採用された、よけい者ではなかったか。そう考えていくと、気分がズルズルと崩壊していき、画廊に通うのが苦痛で仕方がなかった。朝、起きなければならない時間は重い頭痛がそれを知らせた。

半年ほど経ったある日、着物姿がきまっている初老の男性がふらりと来廊してきた。あっ、と声が出そうになった。私が愛読している純文学の作家だったのだ。たまたま社長も辰子さんも所用で出かけていて留守だった。作家は、ぐるりと画廊内をひと回りし、それから一枚の赤い裸婦像の前でじっと立っていた。私の中で例の潮騒の音がした。あれほど泥棒したのだ、怯むことはない。落ち着いて……。私の後ろで見えない誰かが言った。

「その絵、お好きですか？　初めまして、吉永先生ですよね。実は私も、その絵大好きなんです。ここではまだ、そんなこと言う立場にないんですけど。この間入ったばっかりの新米ですから」

その絵は、まだこれからという評価も定まらない若手の画家が描いたもので、抽象と具象の中間くらいのフォーブ（野獣派）な激しいタッチ、色っぽさより激しく懊悩《おうのう》している感覚が好ましかった。

「ほお……君はこの絵は売れると思うかね？」

「売れないと思います。皆さん、評価の定まった絵がお好きですから」

「じゃあ、君はなぜこの絵を好きなのかね」

「自分でもわかりません。ただこの絵の前に立つと、どこか懐かしい気分になるんです。どこかで、もしかしたら夢の中で見たような……」

私は真実を言ったのだったが、もうどうにでもなれ、どうせ売れないのだから……そんなやけくそな気持ちでいたのだったと思う。そこからは気が抜けて自分の思うことをしゃべった。目の前の作品についても、音楽や文学、果ては好きな食べ物の話まで。

作家は、結局その絵を買った。

「評価が固まってない絵のほうが面白い。この絵には、かのドラクロアの言うところの『魂の叫び』がある」

その夜、久しぶりに歌舞伎町に行った。私は軽はずみな人間だった。再び三度、有頂天になった。

「そう、ノンも頑張ったわねー。これからはきっと仕事が楽しくなるわ。一杯おごるわ。ふたりきりのお祝いね」

そんな風に、涼やかに喜んでくれたカナさんだったが、

「ひとこと言っておくわ。決して有頂天になっちゃダメよ。それで皆、失敗するの。嬉しいことがあった時こそ、いつも周りを見渡すの。自分が今、どこに立っているか確認するのよ、冷静にね」

辰子さんも手放しで褒めそやすようなことはなく、

「あなたはあなたらしくすればいいと思っていたの。基本は覚えなくてはならないけど、あなたのようなユニークなやり方もいいのかも知れないって……」

かの作家があの作品を描いた人間に会いたいと言ってきたので、私がほんのたまに画廊にやって来る、笠原幸太郎という美術大学を卒業したばかりの男と作家とを会わせる役目を仰せつかった。画家は食うや食わずの生活ぶりで、ろくな口も聞けない男だったのに、根気よく見つければ、どこかにとんでもない才能と魅力が隠されているように感じられた。

「別のものも、しばらく辰子さんのところに置いてみて、売れなかったらわたしが買うことにしよう」

私が「たぶん全部先生が買うことになりますよ」と小さく笑うと、「それならそれで結構」と言って大きく笑った。

ぼちぼち客の相手も任されるようになり、稀には絵も売れるようになってきた。辰子さんとは夜のお酒の付き合いも頻繁になり、親しさを増していった。

ある日突然、漂流民時代のマルタが父親を連れて来廊した。びっくりしている私を尻目に、したり顔で絵を見て回って、父親に平和な風景画を勧めている。

「カエサルは郷里に帰って運送業を始めたよ。他の人たちもそれぞれ散っていった。きっと仕事頑張ってるんだと思う。ノンみたいにね」

「マルタ……ありがとう！　マルタにはお世話になりっぱなしだね」

「俺、ほんとはノンが好きだったんだぜ。でも、サキにノンに手を出したら殺すって……あの頃、家の中がゴタゴタしてて、俺、だいぶ荒れてたから」

マルタの父親は黙ってふたりの会話を聞いていたが、今は家庭に平和が戻ったと、購入した絵が物語っていた。恥だと思っていたあの頃が、初めて懐かしく愛しく思えた。

仕事も、参宮橋のアパートでの暮らしも、日一日と楽しくなってきた。アパートからは、広い道路の向こうに明治神宮の山門が見える。そこを通り抜ければ、若者の街、原宿に至る。甲州街道に向かう道には国立競技場があり、休日にはゆっくりとその辺りを散策した。行き交う人々の中は、主にアジア系の人が多かったが、なかにはアメリカやヨーロッパの人もいた。東京は刻々と国際都市になろうとしていた。

私はひたすら仕事に励んだ。その頃、全共闘が世を騒がせていたが、私はすでに社会人だった。周りを見渡す余裕などない。その頃、幸太郎は頻繁に画廊に顔を出すようになり、画廊ではコウちゃんと呼ばれて、画廊の飲み会にも参加するようになった。年代が似通っていたので、その関係は誰が見ても恋仲と映るほどになっていた。辰子さんはコウの本当の魅力が解るのはノンちゃんしかいない……などと結婚を勧めるようなことを言う。

コウも私もエコールド・パリのスーチンや、ウィーン世紀末の子供と言われるエゴン・シーレが好きだった。そんな話に夢中になっていると、珍しく辰子さんが口を挟んだ。

「私は、なんと言ってもカラバッチオが好き。ウフィッツィで本物見たけど、バロックの巨匠と言われる所以《ゆえん》がよく解ったわ。肌の下も血も肉も内臓まで描かれているみたいに生々しく、それでいて限りなく美しい。あの当時、あれだけのリアリズムを追求できた画家は他にいないわね。彼はほんまもんの天才だけど、かなり凶暴で女好き、些細なことで暴力を振るったりした挙げ句、終《しま》いには人を殺しちゃった。追われていても絵だけは描き続けたのよ。天才ってものは絵の中では幸福や不幸を描くのに、自分の幸福や不幸は二の次なのよ」

その時はすでに、コウの子供が私のお腹の中に宿っていた。そして、別の意味で絵に描いたような幸福は来なかった。コウは駆け出しの女流画家と結婚していたのだ。

その夜、こんな時にしか行くことのない「ロートレック」に向かった。辰子さんは泣いて謝り、子供は産まないほうがいいと言ったが、カナさんは「そんなもったいないことしちゃいけないわ。父親なんかいなくたって子は育つのよ。この世には、どんなに欲しくったって産めない人がたくさんいるのよ」と言う。

「サキは、サキはどうしてます？」

「ここのところ、まったく姿を見ないわ。ニーチェやマルクスを読んでたから、学生運動に夢中なのかしらね。もう終わったものと思ってたけど、これからすべての学生運動の終焉《しゅうえん》の悪あがきが始まるよって、サキが……」

「サキは大丈夫でしょうか？」

「それは大丈夫よ。サキは自分を見失ったりしないもの。そしてね、ノンには東京は似合わない。故郷に帰ってのんびり子供を育てなさいって言うわよ、きっと」

私はカナさんの言葉に従うことにした。父親のない子を育てるには、故郷でものんびりとはいかないだろう。それでもミミのように怯まず決然と前を見て進む。

画廊にお別れに行くと、辰子さんが神妙な顔で言った。

「コウの絵は、うちでは取り扱わないって社長と決めたのよ」

「辰子さん、そんなもったいないことしないでください。私のこととコウの絵のことは別問題です。コウが天才かどうか私にはわかりませんけど、幸福も不幸も二の次、カラバッチオのように。でしょ？」

5

月満ちて、一九七一年三月、私は故郷で男の子を産んだ。産声《うぶごえ》の合間に潮騒の音が伴奏した。もったいない……と言われて産んだ子は、「海」と書いて「カイ」と名付けた。自分が生みだした命が健やかなることを願わない親はない。しかし、これからどんな時代になるのか、どんな辛苦を味わうのか、私には測り知ることはできない。それでも産んだことに微塵も後悔はない。それは当たり前のことなどではないのだ。多くの奇跡ともいえる難関を乗り越えて人間として産まれる。産まれ出た瞬間から、どんな凡俗の徒であろうとも、人間の歴史の一部を担うことになる。コウを恨むどころか感謝したいくらいだ。

一緒に住む母は、相変わらず子育ては苦手らしかったが、そのおおらかな明るさは、私とカイの大きな救いであり、母こそが父亡き後のこの家を照らす大きな太陽だった。

そんな生活の中で、カイも順調に歩き、言葉もしゃべるようになった。私は貯金通帳に残ったお金のすべてをはたいて車の免許を取り、小さな車を買った。辰子さんの紹介でこの街の車で十分程の山田画廊というところに勤務できることになったのだ。

姉は以前は間遠《まどお》だった里帰りが、ここのところ頻繁になってきた。二番目の女の子が発達の遅れがあると医師に言われたとかで、母と私に癒しを求めてのことだろう。何しろ母も私も、姉をかわいそうだなどと口にもせず、思ってもいなかった。

「この子は障害児って名前じゃないよ。みどりのかわいい子供だよ。七海《ななみ》だよ」

姉が子供を障害児だから……と、やけになったように言うと、決まって母の口から出た言葉だ。ナナミとは、私が提案し姉が気に入って付けた名だ。

「ねえノン、あの子のこと今ではつくづく私が悪かったと思ってるんだよ。もう遅いかも知れないけど、もう一度会って謝りたいよ！」

姉はいつでも唐突に仰天するようなことを言う。思ったことをすぐ言葉にするような人ではないので、長いこと思い悩んでいたことだと察する。ナナミのことで姉と私の間の壁がとろけて落ち、姉の心の底から湧き出た言葉だったろう。

姉は、「コンクリート」から、本来の「みどり」になった。

「ミーちゃんは謝る必要はないよ。それがあの時の、ミーちゃんの正解だったんだから」

私も父親のない子を産んで、遅ればせながら大人になった。


次の日曜日、卒業して以来一度も足を踏みいれたことがなかった、かの中学に向かった。とらえどころのない殺風景な場所なのに、密林を分け入っていくような恐れと期待で胸がせわしなく騒ぐ。道はアスファルトに塗り込められ、河淵は高いフェンスで囲われている。女学校は余りに古めかしく、近々移転の話が持ち上がっていると聞いた。勇気を振り絞って妖怪長屋のあった場所の前に立った。そこは、ものの見事に変身して小ぎれいな鉄工所になっていた。

小さく挨拶をして、おそるおそる中に入ってみた。工場は休みらしく、中は静まりかえっている。そこに、「アーアー」と言葉にならないもどかしそうな声。タケにいだ！

タケにいは担いでいた鉄の棒を放り投げて、一目散に駆け寄ってきた。

「タケにい……ここにいたんだね！」

わたしたちが、思わぬ再会を喜び合っているところに、二階の住居らしきところから、何事かと白髪交じりの男が近寄ってきた。

「この子を知っててんですかー？」

この子と呼ばれたタケにいの髪にも、チラホラ白髪が見える。

「すみません勝手にお邪魔して。タケにいとは昔、仲良しでした。そこの中学を出た者です」

「そーですか。わたしはこの子の叔父なんですよ」

親しみを顔いっぱいに表した叔父さんは、やはり棒の目をしていた。

「この子の父親は戦地で死んじまってね。母親の方は、この子を置いて若い男と逃げた。男には妻子がいたということだから、つまりは出奔《しゅっぽん》したということですな」

「ここの持ち主は、クラゾウさんという方だと聞いていますが？」

「クラゾウは遠縁に当たる人間で、やはり戦地に行って、あいつの方は生きて帰ってきた。誰も継ぐ者がいないんで、タケを看るからと言って親切ごかしにここに入り込んできたってわけですわ」

「タケにいがここを継ぐ人間だったんですね」

「まあそうですけど、このとおりだからね。わしらもタケのことは頭痛の種だったから、よく調べもせずに任せてしまったんですな。ところがクラゾウは働きもせず、頻繁に金をせびりにきた。わたしたちも少しくらいなら工面したんだけど、ある日、養女にした混血の女の子をタケが孕《はら》ませてしまったとかで、多額の金を要求してきたんですわ」

「養女？　つまりはミミ……いや、その混血の少女の養父だったんですね、クラゾウさんは」

「そーですよ。詳しい事情は知らんですが、戸籍上はそうなってました。金になると思ってそうしたんだろね。善意でそんなことする人間じゃなかったもの」

「さっきの混血の少女の話は、クラゾウさんの作り話だった。そうですよね？」

「クラゾウを殺したとか言われてる娘？」

「そんなことできる人じゃありません。タケにいとは大の仲良しで、お互い敬愛し合ってたんです」

「信じるよ。タケがそう言ってたから。あれはたぶん事故だろうね」

「タケにいの言葉がわかるんですか？」

「目と顔の動きでだいたいわかるよ。裏表なく働き、誰にも優しい。うちの従業員たちの模範なんだよ。近所の子に何か買ってやりたくて、こうして休みなく働いとる。自慢の甥っ子だよ」

「それを聞いて、その女性はたいそう喜ぶに違いありません」

「タケがいなかったら、わしはこの工場をここまで大きくできなかった。一時は絹織物の工場が時代遅れになってきて、生活にも困るようになってたからね。思い切って、ここで兄さんの仕事を再建して本当に良かったと思っとるんです」

妖怪長屋での最後の秋、タケにいは、すでにこの叔父さんと暮らしていたとのことだ。

「良かった！　ホントに良かった」

その声は、どこからか聞こえるミミの声と重なった。

「タケにい、また来るよ……いいですか叔父さん？」

「もちろんだよ。日曜日ならいつでも。タケの相手をしてやってくんない」

別れを告げると、タケにいの棒の目が濡れていた。


そこから少し歩くと、今度はこじんまりと整った文房具屋が見える。そこはマモルの言うところの百歳のお婆さんが営んでいた駄菓子屋があったところだ。息を整えようと深呼吸すると、懐かしい漬け物の臭いが鼻から胸を小刻みにくすぐる。

「何かご用ですか？」

声をかけてきたのは三十半ばと思われる物腰の柔らかい男性で、おばさんの姿はない。

「ここに、昔、小松屋という駄菓子屋さんがあったはずなんですけど」

「五年ほど前まで、わたしの母がやってました」

「それで……お母さんは？」

「去年、亡くしました。小松屋に来てくれたお客さんですか？」

「はい。そこの中学でしたから。お母さんは、とてもものの解った方でした」

「今でも、そう言って訪ねて来られる方がいらっしゃいます。母が子供たちに慕われていたことを知って、わたしも嬉しいです」

近くで見る文房具屋のご主人は思ったより若々しく、整った顔をしていた。

「父を早くに病気で亡くしましてね。池袋の国鉄アパートに住んでいたのですが、母の郷里であるこの街に引っ込んだんです。母は、妹とわたしを育てるために働き詰めでした。学問はなくても、夜更けにはいつも本を読んで勉強してました。わたしが奨学金で東京の大学に上がるとき、辞書をプレゼントしたんです。でも、字が読めなければ辞書を引くことはできません。子供って残酷なもんですね」

そう言えば、ミミと別れるときプレゼントされた本は『月と六ペンス』、サマセット・モームのゴーギャンをモデルにしたと言われる最高に面白いもので、繰り返し読んだにもかかわらず、ミミの気持ちを考えることは一度もなかった。

「そうですか、ご苦労なされたのですね。でも、いつも楽しそうに働いておられました。誰にでも平等で明るくて、子供たちのアイドルでしたよ」

あの頃の活き活きと働くおばさんの姿が目の前にぽっかり現れて、またぞろ胸が潤む。

「あのー、少し先に鉄工所があるでしょう。そこに十年ほど前に、少し変わった人たちが住んでいたのをご存じでしたか？」

「ええ知ってますよ。わたしは奨学金で大学を出て、東京で大手企業に勤めてましたが、時々はここに帰ってきてましたから。確か、躰の不自由なお子さんもいましたよね」

「そのマコト……マコちゃんを、お母さんはとても可愛がってくださいました。ところで、その中の誰かがここを訪ねて来るようなことはありませんでしたか？」

「わたしがこの店を始めてからはありませんね。その前はあったかも知れません。母の物はまだそのままにしてあるので、何かあったらお知らせします。一応、そこにお名前と電話番号を書いておいてくださいな」

おばさんは、お婆さんと言った方が当たっているような年寄りだったのだ。何か手懸かりのような物があったとしても、覚えていられるとは考え難い。ともかく、品性の正しい息子さんで、おばさんが温かい死を迎えられたことを知っただけでも香ばしい収穫だ。

「またここに来てもいいでしょうか。実は、私には事情があって父親のない子がいるんです」

「そうですか。私も出産時の事故で子供と妻、両方なくしたんです。いつでもお子さんを連れていらっしゃい。喜んでお相手をしますよ！」

タケにいがいて、あのおばさんがいて、ジェリービーンズがあったあの頃、ミミの切ないほど輝いていた笑顔が本物だったことは疑う余地がない。カイと私にとっても、ここはミミが残した幸せな場所になりそうだ。

「ところで、お母さんはお幾つで亡くなられたのですか？　あの頃は、幾つくらいだったのでしょう？」

「六十五でした。皆さんが来てくれた頃は五十半ばくらいだったと思います」

次の夜は、美智子さんの店を探してみることにした。マモルが引っ越したという時点で、すでに店を畳んでいるのかも知れなかったが、どんな小さなことでもミミに繋がることを見つけられればそれでよかった。

夜の街はひとりでは危険だった。だからといって誘うような男性もいなかったので、思いつきで城田に電話を入れてみた。時々繁華街に出たときバッタリ会ったりしていたが、どこか淋しそうな様子なのが気になっていた。

「ねえシーちゃん、夜は出られる？」

「うん、出られる出られる！　マルちゃんこそ赤ちゃんがいるんだろ。出られるの？」

「そういう情報は早いんだね。もう三歳だよ。赤ちゃんじゃないよ」

「うん。でも子供がいるだけで羨ましいよ。私なんか結婚だってできないよ」

「そんなこと、今から決めてもしょうがないよ。できなきゃそれでいいじゃん。生きてさえいられりゃ」

「マルちゃんのそういうとこ、好きだよ」

「ねえシーちゃん。中学の時の魔女、覚えてる?」

「うん。私、うんと悪いことした。あの子、正義感の強い、いい子だったのに、私、子供でバカだったから酷いこと言って苛めた。だから罰が当たったのかな」

「合格! あなたには、これから楽しい日々が待ってますよ。結婚できるかどうかは約束できないけどね」

何気なく誘った城田だったが、これがかなりの成果をもたらしてくれたのは意外な展開だった。美智子さんのお店はすぐに見つかるだろうと思っていたが、大いに難航した。あれから十年以上経っている。その間に、店も激しく入れ替わり、私の記憶もおぼろだった。河の一番赤く染まっているところを曲がったのだったが、今は気取ったプラスチックの看板になり、河沿いを行ったり来たりしてみても思い出すことは少ない。

とにかく考えた。歩きながら考えた。頭が痛くなるほど考えて、あることが突然、頭に降りてきた。かの日、わたしたちが店を出たのは、ある男が入ってきたからだった。その男は美智子さんを、『しのさん』と呼んだような気がした。たぶん、それが店の名前に違いない。河淵の古びた飲み屋で訊ねてみると、案の定、『しの』は存在したのだ。

「しのさんなら、ずいぶん前に店を畳んでるよ。清楚な感じのママさんだったから、よく覚えてるよ。たしか『いっちゃん』とかいうおかまちゃんが来てたから、何か知ってるかも知れないね」

「いっちゃん」は「いち子さん」に間違いないだろう。

その時、城田が言ったのだ。

「いっちゃんなら知ってるよ。うちの母さん、会社をやってるんだ。父親が死んで後を継いだんだけど、若い男がいて、仕事帰りによく夜の街で飲むんだよ。時々、義理で誘われる。いっちゃんの店ならすぐ近くだよ」

迷いもなく前を歩く城田の後を付いていくと、五分もしないうちにいち子さんの店に着いた。もともと歩いて十五分の小さな繁華街だが、奥まった場所にあるいち子さんの店は、私ひとりでは見つけることはできなかったろう。

「やーだ、ノンちゃん！　懐かしいわあ。よくこの店がわかったわねえー」

歌舞伎町のカナさんの話やら、ミミのことを除いたあれこれを話した後、美智子さんのことに水を向けてみた。

「美智子さんねえ、しばらく前に亡くなったのよ」

「誰から聞いたんですか？」

「それがねえ、マモちゃんなのよお」

「マモル？　マモルがこの店に来たんですか？」

「まさかあ。中央通りのデパートでばったり会ったのよー」

「マモルはこの街にいるんですか？」

「ううん。美智子さんが死んでから東京に出たって」

「今、何をしてるんでしょう？」

「大学を出て……って言ったきり、あとは言わなかったわ」

「じゃあ大学は出たんですね」

「いろいろ聞きたかったんだけど、そそくさと帰っちゃったんだもの」

ハンチングを目深《まぶか》に被っていても、どこかマモルに似ていたので声をかけてみたら、ちゃんと返事をしたということだ。いち子さんとは仲の良かった美智子さんの死だけは伝えたかったのだろう。

「よーく顔を見たら、マモちゃん、ますますいい男になってたわあ」

第二の心臓はふくらはぎにあると聞くが、第二の頭脳は足の裏にあるのではないか。歩くたびに、歌舞伎町でも銀座でも考えつかなかったことが、次々に脳裏を過《よぎ》った。

あのコウの絵のモデルはミミなのかもしれない。父の絵のように肉付きがよかったが、泣きたくなるくらい懐かしかったのはそのためではなかったか。マモルは目立つことが好きだったが、ミミのことを明らかにはできない事情がある。マモルの大学の資金はミミが払ったに違いない。何らかの理由で身を潜めている人間がそれほどの大金を稼げるのは、躰をつかった仕事、つまりは法律を犯した仕事以外考えられない。

ミミはやはり歌舞伎町界隈にいたのだ。たぶん、カナさんのところの二階で、マモルとひっそり会っていたのかもしれない。別れ際にカナさんが言った「子供が生まれたら写真送ってね。成長するのを見たいから……」は、すべてミミの言葉ではないのか。カナさんは子供を産めないが、ミミは子供を諦めていたのかも知れない。

ふと、サキのことが頭に浮かんだ。サキとミミは、どこかで繋がっていたのではないか、もしかしたら学生運動？　向こうからは決してやってこない青春時代を、一瞬でも手に入れたかったのではないのか。学生運動は、高邁《こうまい》な思想と確信的な論理が似通っているサキとミミが出会う格好の場所だ。堕落していた私を軌道修正してこの街に戻すために、母に学校の事務室と名乗って連絡を取っていたのは、たぶんミミだったろう。ミミはそういったことに天才的に長《た》けている。私の引っ越した住所や電話番号を調べるのはお手のものだったに違いない。疑うことを知らない母だ。私にそれを告げるまでもない、当たり前のことと信じて電話があったことさえ忘れていたのだろう。そしてミミは、父の病気を知って、サキの口を借りて家に戻ることを促したのだろう。

マモルがこの街にやって来たのは、ミミに命じられてマコトに会うために相違ない。学者さんたちが、この街のどこかでマコトを育てているのだろうか。ふたりはあの時も立派な年寄りだった。マコトを育てる力が今も残っているとは考えにくい。

はっと我に返ってみると、悲鳴のような甲高い声が飛び交ういち子さんの店だった。

遠いところに旅してきたかのように疲労していた。

「ノンちゃんて、昔から少し変わってたものねえ〜。ぼんやりしちゃって、返事もしないでさあ」


ミミとマモルは、どうやって出会ったのだろう。美智子さんたちは長屋を出てから、どこに行ったのだろう……そういった疑問の答えが、ある日、向こうからやって来た。

「そろそろ母の物を整理しようと思いましてね。行李の中を調べていると、着古したもんぺのゴムの内側に、小さな袋が縫いつけてあったんです。中に電話番号を書いた紙が折り畳んで入っていました。私と妹には心当たりのないものだったので……」

その年の秋の終わりの日曜日に、文房具屋のご主人からそんな電話があった。

「それで、電話番号の主の名前は書いてあったのですか?」

「それが何も。母はきれい好きでしたから、もんぺはよく洗濯してました。そのたびに取り出していたのだとすると、大切な誰かに頼まれていたものだと思いましてね」

私はすべてを聞き終わらないうちに直感した。それを頼んだのはマモルだ!

マモルがミミの次に信頼を寄せていたのは、小松屋のおばさんだった。おばさんの方も、その信頼を深いところで受け止めていたのに違いない。

受話器を置いて、そのまま電話番号を受け取りに車を走らせた。家に戻って中を開けてみる。長いことしまわれていたのだろう、折り畳んだ部分が滲《にじ》んでいて読みづらい。それらしき番号に何度も電話すればいい、そう思ってダイヤルすると、一度目で出たのが隣町との境にある「緑山園」だった。またしても直感した。ここだ、ここに違いない！「緑山園」は知的障害者の宿泊施設で、一、二年前に改築したと新聞に大きく載っていたので場所だけは知っていた。

「あのー、私の子供が知的に遅れているようなのですが、相談に伺ってもよろしいでしょうか？」

姉のことが頭に浮かんで咄嗟《とっさ》についた嘘だった。何をどう聞くべきなのか、どこから攻めていくべきか、ともかく行ってみる他はない。

「電話の方ですね。丸山さんでしたっけ？」

職員は真率《しんそつ》そうな男で澄んだ目をしていた。

「園長は所用で出かけていますので私が案内します。何でも伺いますよ。私が答えられる限りは」

そこは、長い廊下に小さな部屋が葡萄のように両側にたくさんくっついた建物で、日が当たりが良く、皆、日向ぼっこをしたり、何やら声を上げて楽しそうにしている。

青年とふたりで歩いていると周りに人だかりができた。ここの入所者が話しかけてきたり、手を握ってくる者もいる。

「ここの子供たちは、みんな人懐っこくて幸せそうですね」

「ここに見学に見える方は皆、そうおっしゃいます。障害者は本来、幸せでも不幸でもありません。障害といっても千差万別、あくまでも個人の問題です。便宜上、障害者と呼んでいるだけのことで、心を持った普通の人間ですよ」

私は少しムッとしたかも知れない。ここに説教を聞きに来たわけではないのだ。

「ここの職員は、みんながあなたのような考えなのですか？」

「一概には言えません。人それぞれですから……。あっそうそう、申し遅れましたが、私は青山祐二と言います」

青山青年と禅問答をやっている暇はないのだ。青年が何と言おうと、ここの人たちは自分の意志で生きることのできない社会的弱者であることは確かなのだ。

「ところで、ここにマコトという二十歳くらいの子供はいませんか？」

「お知り合いなんですか？」

「とても親しい知り合いです」

「お子さんが、障害を持っているというのは嘘だったんですか？」

「はい。そうでも言わないと、ここに来られないと……」

「困ったお人だ。知り合いがいなくたって見学に来られる方はたくさんいますよ」

「姉の子供が発達が遅れているようなのですが、それはまたの機会にしましょう。それで、マコトはいるのでしょうか？」

「マコトという名で、二十歳を過ぎた青年はいますよ」

そんな会話の後、青年はマコトのところに案内してくれた。そこにいたのは、ひょろりと長く、その上に乗ってる顔も細長い人物だ。鼻の下にはうっすらと髭が生えている。

「私の知ってるマコちゃんは、あんなじゃなかった」

「知的に遅れている人は、いつまでも子供のままだ……そう思っていたのですね？」

「はい。丸くて小さいマコちゃんを思い描いていました」

「あなたは嘘つきで正直な人だ」

青年は声を上げて、おかしそうに笑った。

そう言えば、私も昔のままの私ではない。キョトンとしたマコトの前で、ミレーの『落ち穂』をやって見せた。次の瞬間、キャーという甲高い声を出して足を引きずって近づいてくるマコト。ふたりは、はたと抱き合った。

「マコちゃん！　会いたかったー」

マコトは、私の名を呼ぶ代わりに大きく口を開けて泣いた。その顔は昔のままだ。

「あのー、この子の知り合いが会いに来てると思うんですが……」

「お兄さんのマモルさんが時々見えてましたよ。でも、ここのところ姿を見せません。マコト君も淋しそうなんです。でも……」

若い職員は話を止めて、どこからか戻ってきた風格のある初老の男に目を向けて、

「園長が帰ってきました。会って行かれますか？」

あの番号によって私をここに呼び寄せたものが、雲間からくっきりと姿を現した。

「園長、マコト君の知り合いの方です」

私はツッと片足を前に踏み出して言った。

「少し、お話を伺いたいのですが？」

「あまり時間がありませんが……」

初老紳士は、気のない素振りでそう言った後、私の顔の上に目を泳がせて、はて？と声を出さずに言った。

「いいえ園長さん。たっぷり時間をいただきます。せっかくまたお会いできたのですから」


さほど広くはないが、黒い革張りの立派なソファーのある部屋に通された。事務室は不必要に厚いコンクリートの壁で、大声を出しても漏れないように仕切られていた。園長の椅子の上に小さな窓、向かい合ったわたしたちの左側には、細長くて振り子の付いた古びた木製の時計が掛かっている。

「毎日、外を飛び回っているものですから、ここに座っている時間はあまりないのです。それはそうと、どこかでお会いしましたかな？」

「はい。私が中学の時、美智子さんの店で。あなたは美智子さんを『しのさん』と呼んでおられました」

初老の白髪がわずかに揺れた。それきり沈黙が時計の針を動かしていた。私はカイのことを考えた。私にこそ時間はないのだ。だが、ここで聞き出さなければ相手は警戒を強める。二度と話す機会はないだろう。

「わたしにはたっぷり時間はあります。お話くださるまで何時間でも待ちます」

園長は額に皺を寄せて困惑の色を隠せない。時計は三時を打っている。

「わたしは確かにしのさんの店の客でした。ただの常連客です」

「ただの客だったとは思えません。あなたはあの店に偶然入って、美智子さんに一目惚れした……違いますか。本当のことをお話ください。他の人から聞くのは、あなたにとっても愉快なことではないでしょう」

「わかりました……あなたの言うとおりです。私には妻子がいて、その頃は、しのさんも夫がいましたから、棺桶まで持っていく秘密でした」

「あなたが真実を話してくれれば、私はこのことを誰にも口外しません。あなたはひとりの美しい女性を愛した。ただそれだけのことですから」

そこからは、時計は打つのを止め、流れるように話は進んだ。

「あなたは美智子さんの旦那さんを知っているのですか？」

「いいえ、一度も会ったことはありません。かなりの酒飲みだったと聞きましたが、あの店にはなぜか一度も来ませんでしたね」

「その酒飲みの旦那が河に流されて亡くなった時、あなたはどうしていましたか？」

「しのさんの店で飲んでいました。他に客もたくさんいましたから……」

「クラゾウという人のことは聞いたことがありますか？」

「ありますよ。夫君の戦友で、そのお陰であそこに住むことになったと聞きました。クラゾウさんは大部屋の役者、しのさんの夫君は脚本家志望で、いわば同業者だったということです。私は会ったことはありませんが、しのさんの店に何度か顔を出したことがあると聞いてます。癖の悪い酒飲みだったらしいですよ」

「要するに、そのふたりに美智子さんはあまり快い感情を持っていなかった」

「それは確かです。だから子供たちのことが心配だった。私がこうした施設をやっていることを知って、しのさんの方が積極的に近づいて来たんです」

白髪初老がふたりの死に関わっていないことは確かなようだった。そこには何の関連も見いだせないし、それほどの力も熱も持ち合わせてはいないと睨んだ。

「あなたはクラゾウさんが死んで、どこにも行き場がなくなった美智子さんたちをどこかに匿《かくま》った。そうですよね？」

「匿ったわけではありません。この辺りは私の一族が所有しているので、住むところはたくさんありました。雑木林の中に朽《く》ちかけた家があったので、修理して住んでもらいました。人助けだと思って」

「そこに行ってから美智子さんは病気になったのですね？」

「そうとう無理をしていたので、家を移ってからすぐに寝込むようになったんです」

「話は飛びますが、あそこで私の友達が働いていましたよね？　美智子さんはミミと呼んでいたと思いますが」

「あなたのお友達は私を嫌っていました。しのさんを取られると思ったのでしょう。ふたりはまるで親子のようでしたから」

「美智子さんは、その少女とはどんな関係だと言っていたのでしょう？」

「友達の子だと言ってました。その友達は、あの子を産んですぐに死んでしまって、いろんな経緯があって施設に預けられた。それを知って引き取りに行ったのは、しのさんなんです」

「なぜ他人の子を引き取りに？」

「マコト君のお守りをしてもらうためだ、と言ってましたね」

「それなのに、なぜ夜の飲み屋で働かせるようなことをしたんでしょう？」

「これは私の憶測ですがね。しのさんの夫君はとんでもない暴力男で、しかも女癖が悪かった。あの娘に手を出すようなこともあって、あそこに置けなかったのではないでしょうか。あの子は、年の割には大人で綺麗な子でしたから」

「その少女が失踪したとき、美智子さんはどうしてたのでしょう？」

「ガックリ肩を落としてましたよ。でも、こうも言ってました……これでいいのよ、こうしなくちゃいけないのって」

「私が思うに、それが大きな心の傷になって美智子さんの死を早めたんじゃないかと思うんです」

「そうでしょうか。マモル君は、高校にも行かずにしのさんの看病をしていましたが、しのさんが亡くなってすぐ東京に出たんです」

「マモルの居所は?」

「わかりません。ちょこちょこ変わるから、と言って教えてくれないんです。今はほとんどここには来ませんが、マコト君への送金は、毎月欠かしたことはありません」

「書留の消印は?」

「毎回、違った郵便局から送られてくるんです。ただお金と一緒に、いつも絵の描いてある紙が入ってるんです。それをみるとマコト君は泣いて喜ぶんです」

「どんな絵ですか?」

「そうですね、いろんな絵ですよ。でも、黒い犬の絵は必ず描かれていましたね」

クロだ！　マコトがミミの次に好きだったのは、家にいることの少なかった美智子さんではなくクロだったのだ。その絵を描いたのは間違いなくミミだ。

「最後にもうひとつだけ、いいですか？」

「あなたは欲張りな人だ。さんざん聞いておいて」

無罪放免を言い渡された囚人のように、園長は晴れやかな笑顔を見せた。窓の向こうは、すでに宵闇《よいやみ》がとぐろを巻いている。

「お年寄りふたりは、その後どうしましたか？」

「奥さんの方は、しのさんが死んで後を追うように亡くなりました。旦那さんは、私の一族の経営する老人ホームに入ってます。が、もう何もわかりません。お気の毒ですが、時間の問題です」

そのとき、部屋をノックする音がした。初めて鍵がかけられていることを知った。

「まだお話は終わらないのですか？　咽が渇いたでしょう。お茶でもいかがですか？」

四十後半に見える女が、しなしなと入ってきた。体の線がはっきり見える茶色のニットスーツ。その唇には、たった今塗られたとわかる真っ赤な口紅が塗られている。

その唇は、目の前の初老のものであることは疑いようがない。

「やっと終わったところだよ。この方の悩みが深いものだったからね」

そう言った初老の顔は、仇《あだ》っぽい男の色気が漂っていて、私は吐き気を覚える。

女はその言葉を信用してないようで、私の横顔に痛いほど嫉妬のシャッターが切られる。私がこの部屋を出た途端、ふたりは抱き合うのかも知れない。女癖が悪いのは美智子さんの旦那よりこの初老ではないのか。

私は直接廊下に出られる狭いドアから外に出た。そのドアには『事務所に寄ってから、お入り下さい』と大きく書かれた張り紙があった。玄関までの廊下は、傘を被った小さな電球が点《とも》されているだけで薄暗い。目を細めると、美智子さんの亡骸の前で途方に暮れている少年の日のマモルが、浮かんでは消え、消えては浮かんだ。

「丸山さーん、お電話ですよー」

さっきの青年が懸命に呼んでいる。

「ノン、あんまり遅いからって母さんが心配してるよ。カイは私が看てるから大丈夫だけどさ」

そうか、すっかり忘れていたが、今日は姉が里帰りする日だったっけ。

「姉さん、もうすぐだよ。もうすぐ全部わかる。それにしても、どうしてここがわかったの？」

「そりゃわかるよ。電話台の上に、番号が書かれた紙が置いてあったもん。それもボールペンで何度もなぞってあってさ。わかんない方がおかしいよ」

「ミーちゃん……」

「ノン、何かあった？　もしかして泣いてる？」

6

その頃は無口な社長とも、そよ吹く風に木の実が落ちるようにぽつぽつしゃべるようになったが、社長が留守の時には、「あんなにだんまりなのに商売できるのは、自分からは何も言わないからなんだよなあ。でも、ここぞと言うときには一歩も引かない。絵のことかけては一流の目を持ってる嘘のない人だから。だけど、おとなしすぎて女に声をかけることもできやしない。あれじゃあ結婚もできないかもなあー」という社長評をうんざりするほど聞かされる。その社長が興奮も露《あら》わに饒舌になるのを見る日がやって来た。

「これ、どこを描いたのか解らない風景画なんだけど、なかなかいいと思わない？」

東京の画廊に買い付けに行って戻ってすぐ、ぐるりと突き出た台の上に、その絵を立て掛けながら言った。それは、置かれている境遇の厳しさ、怨念、情念が一気呵成《いっきかせい》に激しいタッチで描かれているようだった。さまざまな赤がふんだんに使われて、まるで山火事のようだ。どこかコウの絵にも似ている。ミミはコウからも、ずいぶん泥棒したのだろう。

「これ、どこで買ったんですか？」

「あんたのいた画廊だよ」

「いいですねえ！　この色、タッチ……フォーブ（野獣派）ですよ。評価が分かれる絵だと思いますけどね。これ描いた人、女性ですよね？」

努めて冷静に言ってみた。胸騒ぎのような潮騒が遠くから鳴った。

「それが、わからないんだよ」

ミミの絵を一度も観たことはないが、私には解る。これを描いたのはミミに違いない！

「バロックの天才女性画家、アルテミジア・ジェンテレスキみたい」

「そういやそうだなあ。何か訴えてる。叫んでる。苦しんでる」

「でも凄い絵ですよ。いつか高い評価を得ることになりますよ」

「うん。わたしもそう思う」

辰子さんも何も解らないということだったが、ひとまず電話を入れてみた。

「それがねえ、フーテン風の男が売りに来て、名前も言えないって。ノンちゃんの好きそうな絵だから山田さんに渡したんだけど」

「感謝しますよ。辰子さん！」

「でもね、何となく、その絵が山田画廊に行くことが解ってるような口振りだったな、その男。あと一年したら……とかなんとか妙なこと言ってたから、もう少し待ってみて」

あと一年……ミミと別れて十五年。この頃の殺人事件の時効が確か十五年。クラゾウさんのことは、あれ以来何の音沙汰もない。長屋の人たちは皆、クラゾウさんを好きではなかったことは確かだ。が、アルコールに犯されて生きる屍《しかばね》のようだった彼を、わざわざ殺すようなことをするだろうか。しかし待てよ、と思う。それなら、なぜミミは姿を隠したのか。人は損得や恨みだけで人を殺すとは限らない。わたしたちはカインの末裔《まつえい》なのだ。ほんの小さな理由で人を殺してしまうこともある。ミミとマモルが執拗に姿を現さなかったことを考えれば、考えられないことではない。あの長屋は本当はエデンの園だったのかも知れない。あそこを出て誰も幸せになってはいないのだから。

私は、朽ちてしまったクロの墓をもう一度建て直し、そして長いこと祈り、放って置いたことを謝った。クロは死んでもなおわたしたちの守り神だったのだ。頭が巡って考えがピタリとまとまった。

「こんにちは、学者さん！」

「来てくれたんですね。のり子さん！」

学者さんの終《つい》の棲家である老人ホームは、緑山園からその古びた看板が見える近距離にあった。部屋に通されると、ムッとすえた匂いが鼻を突いた。学者さんは、枯れた流木が悪戯で布団を掛けられたような格好だったが、確かな目線と明瞭な言葉で私を迎えてくれた。

「お久しぶりです。いいえ、初めましてですよね。本当の学者さん！」

「いつから、おわかりでしたか？」

「あの頃から薄々は……」

「誰かにすべてを話さなければ死ねないと思ってました。孫たちに正確に伝えられるのはあなたしかいません。それにしても、あなたが長屋に来ていた頃は楽しかった！あなたは何も詮索《せんさく》しませんでしたから」

「実は知りたくて堪らなかった。でもミミを失うのが怖くて、我慢したんです」

「マコトはよく会いに来てくれるんですよ」

「ひとりで？」

「いいえ、アオちゃんという青年が連れてきてくれるんです」

アオちゃん？　あの禅問答の青山青年だ。

「彼なら、ここであったことは誰にもしゃべりませんから」

「さて、先ほどいみじくも孫とおっしゃいましたね。ミミたちはあなたの孫。あなたは美智子さんの父親ということだったのですね」

「そのとおりです」

「それを誰にも言わなかった。赤ん坊の時から育てたミミにでさえ」

「言っても誰も幸福にはなりませんから」

「ミミは勘のいい人でした。すべて知っていたんだと思います。誰も名乗ってくれないことに、大きな失望を感じていたことでしょう」

「ミミにはかわいそうなことをしました。でも、どうしても言えませんでした」

「なぜです？」

「私は帝大の哲学の教師をしていました。小さいときは躰が弱かったために二十歳までは生きられないと言われていたんです。下町の大きな呉服問屋に生まれて本ばかり読んで育ちました。親も私を不憫《ふびん》に思ったのか、好きな本を好きなだけ買ってくれました。芸は身を助ける……お陰で、私は美智子がいなくなってからも官能小説や恐怖小説を書いて糊口《ここう》を凌《しの》いでいました。お恥ずかしい話ですが」

「官能も恐怖も立派な小説のジャンルのひとつです。恥じることはありません。それでミミのことは？」

「戦争です。戦争がすべてを変えてしまったんです。私には美智子の上に、ふたりの男の子がおりました。ひとりは戦死、もうひとりは家で病死……ろくな看病もしてやれませんでした……。幸い美智子は躰も精神も強い娘で、戦争が終わったら英語の教師になりたいと密かに勉強していたんです、疎開もせずに。私は何度か外遊した経験があるので、家の中ではふたりで英語でしゃべったりしていました。それを盗み聞きした近所の人に密告されて、私は反戦運動の旗手として投獄されてしまったのです。

私は、もちろん戦争は嫌いです。大罪です。けれど、反戦運動など率いるほどの情熱も持たない普通の都民に過ぎませんでした。あらぬ疑いをかけられ、特高に引っ張られて、そこで酷い拷問を受けました。そろそろ誰もが負けを意識し始めて、軍もヒステリー状態だったのでしょう。ちょうどその頃、東京大空襲が始まって、私の住んでいた墨田区辺りは壊滅《かいめつ》的な打撃を受けました。獄舎も火の手に囲まれるのは必至で、さすがの軍も投獄者を解放したんです。

私は命からがらどうにか助かって、火が消えた頃、家のあったところに戻ってみると、そこに美智子がいたんです。妻と年老いた両親の遺体はいくら探しても見つかりませんでした。その時に犠牲になったのは、およそ十万人と聞いてます。でも、親族の死は、たとえ百万人死のうが軽いものになりません。たったひとつの大切な命。二度と戻らない至宝です。それからご存じのとおり、広島、長崎への原爆投下の後、終戦になりました」

「…………」

「原爆は人間が持ってはいけないもの。悪魔の持ち物です。でも人間は悪魔にもなれる生き物なのです」

「でも悪魔がいれば天使もいます。そうでなければ、人の世はとっくに終わっていたでしょう」

「話は東京の空襲に戻りますが、酸鼻《さんび》極まりない焦土の上に夥《おびただ》しい死体の山。わたしたちは泣きながら、その中に妻や親族がいないかと探し回りました。でも、生きるということはお腹が空くということです。わたしたちは終戦になっても、野宿のような暮らしをしていましたが、私が肺炎に罹《かか》って死にかけていた時のことです、進駐軍のGIが数人やって来て、私の目の前で美智子を犯したのです。卑猥なスラングをしゃべりながら……」

「…………」

「わたしは初めてアメリカを憎いと思いました。それまでの敵は、むしろ日本の軍部のお偉方でした。いばりくさって、嘘の報道で戦争を長引かせ、すでに負けが決まっているにも関わらず、死なずに済んだ命を大量に奪ったのですから」

「もっと辛かったのは、美智子さんだったのでは？」

「美智子は平然としてました。ことが終わったとき、そのGIに敢然《かんぜん》と言い放ったんです。『わたしはあなた方の直轄の上官の情婦です。嘘だと思ったら今すぐ、その人のところに私を連れて行きなさい！』と」

「英語で、ですか？」

「もちろん。流暢で力強い英語でした」

「そこで美智子さんは、ミミの父親と出会った。そうですね？」

「婚約者がいたわけでもないのに、美智子は処女じゃなかった。それでわかったんです。私を食べさせるために、それまでも躰を売っていたのだと。美智子は、作り話でGIの上官のところに連れて行かれてもうまく切り抜けて、その米兵と恋仲になったのです。相手は本国に妻子がいましたが、立派な紳士だということでした」

「それで、あなたは命を助けられたのですね？」

「そうです。進駐軍の医者が薬を分けてくれましたし、食べ物もたくさん運ばれてきましたから」

「おミネさんとは、どこで知りあったのでしょう？」

「美智子がいない留守に私を介抱してくれたのがミネでした。物乞いをしているミネを見かねて、美智子がわたしたちの家に連れてきたんです。バラックでしたが……。たぶん女郎上がりだと思いますが、気だてのいい利口な女性でした。わたしたちは夫婦ではありません。いわば戦友のようなものです」

「私も優しいおミネさんが大好きでした。話は変わりますがマモルたちの父親は、どんな人だったんでしょう。あそこでは、幽霊のように、まるで存在感がなかった。暴力的な人物だったのでしょうか？」

「やさ男でした。暴力を振るうようなことはなかったと思います」

「米兵が帰還してから、美智子さんはクラゾウさんに出会った。そうですね？」

「そうです。幽霊、いや竜雄《たつお》が復員してくるまで、クラゾウと美智子はしばらくの間、関係があったと思われます」

「そこでマモルが美智子さんのお腹に宿った。そうですよね？　後から復員してきた竜雄さんはクラゾウさんの恋人だった。違いますか？」

「たぶん……竜雄の方がクラゾウに夢中でした。クラゾウのように両刀遣いではなく、根っからのゲイのようでした。同じキャンプにいた、と言ってましたから、そこでそういう仲になったのでしょう」

「あの頃から不思議に思ってました。たとえ戦友だとしても、相手が結婚してもなお、ずっと一緒に暮らし続け、夜な夜な一緒に飲み歩く。それであっと気づいたんです」

「最初はクラゾウの仲立ちで普通の結婚だと思ってたものが、単に隠れ蓑《みの》に過ぎなかった。売春をしていたことも知っていたのでしょう。あの聡明な美智子が何も言えなかったのですから。私は美智子に助けられた命。美智子のためなら何でもする覚悟でした。美智子はGIに犯されるより、一指も触れられずに冷たい言葉を浴びせられ続ける方が、女としての侮辱を感じたのでしょう。それにマコトの障害を美智子の売春のせいにした」

「それで学者さんは美智子さんに頼まれて、東京からやって来たのですね。それも美智子さんの親とも名乗らず、ミミには育ての親であることを口止めして惚けを演技。クラゾウさんが美智子さんの店に行ったことがばれれば、当然大げんかになったでしょうから、幽霊男はひとりで飲みに出かけた。そこを狙ったのですね？　妖怪長屋とは、あなたたちが付けた名だった。あそこに関わると呪われるという噂をばらまいて誰も近づけないようにした。そうですね？」

「全部、おっしゃるとおりです」

「この街に来る前、クラゾウさんたちに親として紹介されなかったのですか？」

「その頃は、美智子も名の知れた売春婦でしたから、一刻も早く誰も知らない場所で結婚して幸せに暮らして欲しいと願いました。ですから、クラゾウとも竜雄とも会わなかった。それが恐ろしい結果を生むとは、考えてもいませんでした。クラゾウたちは小悪党でしたが、私は人を殺した大悪人です。地獄に堕ちるでしょう」

「さあ、それはどうでしょう。天国も地獄もこの世のことで、あの世にはあの世の決めごとがあるでしょうから。それに、二度も牢獄に入った学者さんですから、あの世では考慮してもらえるかも知れませんよ」

「一度目はわかりますが、もうひとつは……」

ホームの部屋の床をスリッパの足でトンと踏みしめて言った。

「ここですよ！」

そして、学者さんは、枯れた葉っぱが擦れるようなファファファ……という笑い声をたてて、「あの男も悪い人間ではないのですがね」と、緑山園の園長をそんな風に庇《かば》ってから、静かに目を閉じた。

その後、三か月ほどして学者さんは逝った。眠っているような死に顔だった。

「学者さん、やっと終わりましたよ。長かったあなたの戦争が」

あの日《いわ》くつきの絵が来てから一年目の秋が来た。日に日に潮騒の音が強まり、息苦しかった。私も社長も、そのことにはあえて触れなかったが、社長は私の前ではよくしゃべるようになっていた。ふたりは秘密を分かち合う共犯者のようだった。

日没が早まり晩秋が近づいた頃、待ちかねた絵がとうとう山田画廊にやって来た。

「あの絵だよ丸山さん！　今度はサインもしてあるみたい」

サインを書くなんてミミらしくもない。もどかしくその絵を箱から取りだしてみると、そこにあったのはM・マモルのサイン。「女だと思ったけど、男だったね」という社長の横で、私は大声で笑い出したくなった。マモルの名を借りたんだね。これはほんまもんのミミの絵だよ。マモルには逆立ちしたってこんな絵は描けない。

「ここに日付も書いてあるけど、まだ先の日付なんだよ。夏の絵なのに、一九七五年十二月一日だって。どう考えても妙だよね」

それは、まさにあの夏の日の公園地区の絵だ。後ろには青い山が控えている、周りの緑は風が吹くたびに色を変える……父の言葉がそのまま耳に蘇る。

「丸山さんの知ってる人なんじゃない？」

「いいえ。でも調べてみます。何かの暗号かも知れませんから」

「暗号って、戦争中じゃあるまいし」

「人生は日々戦いなんですよ、社長！」

7

私は誕生日を過ぎて二十九歳。三十路は間近だった。

絵の中に描かれた時間は四時十五分。絵を見る前から、私にはこの日が解っていた。ミミたちの十五年が示すものが何なのか、熟考を重ね、いろいろな人に会って導き出した答えを胸に、私は公園地区の河原に向かった。私の中の潮騒は鳴りやんで、怖いほど静かだ。

遠くにマモルらしい人の立ち姿が臨めた。十五年前、私より少し背の低かった少年は、今ではすっくりと高く伸びたヨーロッパの樹木のよう。遠望できる街は深青のシルエットと化し、明滅する光が眩しい。今しも沈みゆく太陽は辺りを酒毒のようにオレンジに染め、暴れるのに疲れた暴君ネロは今夜は宮殿で休息だ。冷え切って張りつめた大気は、どちらかの白い言葉を待つかのようだ。

「マモルー、ばんしょう！」

河を見つめていたマモルは、驚いて飛び上がるように私の方に向き直り、両手を合わせて祈りのポーズをとった。

「よく来たね、中学生諸君！」

今度はマモルがあの日の父を真似て言った。

「もうすぐ中年だよ、マモル！」

「ノンちゃん、大きくなったね。あん時、ちっちゃかったもんな。これぐらい」

そう言って、地面から五十センチぐらいのところに手をかざした。

「マモル、今は笑ってる場合じゃないんだよ」

「どこまで知ってるの、ノンちゃん？」

「全部、全部だよ、マモル！」

「そんなはずないさ」

「クラゾウさんを殺《や》ったのは、マモル、あんただよね」

「放っておいてもそう長くない奴を殺す必要が、どこにあるっていうんだよ」

「じゃあ、どうして今日、ひとりでここに来たの？」

「それはミミが行けって。行かなきゃもう会わないっていうから……」

「マモルは長屋にいたときからミミを愛してた。ミミがマモルに内緒で失踪したときは、どんなことをしてもミミに帰ってきて欲しかった。そうだよね？」

「そうだとしたら？　時効は今日の十二時だ。まだ時間はあるぜ」

「マモル、正直になろうよ。私はここに来ることを誰にも話してない。目の前の河は沼川の二十倍はある。死体だってなかなか見つからない。今、私はマモルの手の中にある。嘘を言う必要はないいんだよ」

「……わかったよ。あの日、ミミがこの街から出ること何となく感じたんだ。ミミの後ろ姿に『明日、小松屋に電話して！』って言ったんだ。思ったとおりミミは帰って来なかった。その夜、クラゾウが酔っぱらって帰ってきて、沼川でおしっこする音が聞こえた。すぐ出ていって後から押した。死ななくてもよかった。病気で寝込んだりしたら、ミミが看病に帰って来てくれると思ったんだ。だって、クラゾウはミミの養父なんだから」

「ミミだったら、たぶんそうしたろうね」

「ところが、衰弱してたクラゾウは心臓麻痺で死んじゃった。次の日、約束どおり電話をくれたミミにそのことを話したんだ。戻って来てって言ったんだ。そしたらミミが『マモル、大丈夫だよ。じいさんはあたしが殺ったんだよ。昨日の夜、この街であたしの姿を見かけたって噂を流すんだ。マモルはマコトと美智子さんをしっかりみるんだよ』って言って、電話を切っちゃった。失敗だったとすぐ思ったよ。長屋も出なくちゃならなくなったし……」

「そこから十五年、ミミは姿を隠したんだね。でも、みんなが心配で何年かしてから小松屋に電話を入れた。それで、おばさんがとっておいた電話番号でマコトの居所がわかって、ミミは男名前で施設に手紙を出した。マモルは信頼していたアオちゃんにだけは連絡先を教えておいた。そのアオちゃんから連絡があって、マコトの施設で手紙を受け取ったんだね。そこには、たぶんカナさんの店の場所が書いてあった。それでふたりは会うことができたんだ。違う?」

「…………」

「警察は事故で済ましたんだ。衰弱した酔っぱらいが、あの酷い風に煽《あお》られて川に滑り落ちたって何の不思議もない。ところが、マモルはミミにそれを言わなかった。警察が追ってるふりを続けたんだよね。自分だけを見てて欲しくて。ミミの夢の中に入りたくて」

「ミミがそれを望んだとしたら?」

「ミミはマモルのものじゃない。ひとりで生きていける人間なんだよ」

「お袋は死ぬ前に全部話してくれたよ。でも、もう遅かった。俺、ミミ以外の人は誰も愛せなくなってた」

「ミミはマモルを一人前にするために、警察の目を盗んで必死に躰を売った。一日に何人も……。ミミが一番美しく輝くはずだった十五年。父親の国、アメリカにだって行けたかも知れない。恋人だってできたかも知れない。それを全部ダメにした。マモルは最低の人間泥棒だ！」

「俺……俺……どうしようもなかったんだ。ミミのいない人生なんて死んだようなもんだった。大好きだったノンちゃんのお父さんだって天国で怒ってるよね。あんなに勇気づけてくれたのに……ひとりで生きられなかったんだから」

大河の流れが、いつしかモーツァルトのグラン・パルティータに変わった。マモルの嗚咽《おえつ》が伴奏するようにそれに合わせる。月が刃物のようにわたしたちの真上に吊されて、今にも真っすぐ落ちてくる気配だ。

耳を澄ますと、カタ、コトという、ぎこちない足音が聞こえてきた。今は、コンクリートを被せられた砂利道から小さなシルエットが見える。フーテン服につば広帽子、猫背で右足を引きずっている。次第に大きくなるシルエットが、カッカッと軽快な足音に変わった。どこもかしこも真っすぐで滑らかな姿態が浮き彫りになる。サキからミミに戻ってゆく華麗な真夜中のイリュージョンだ。

ぽかんとしているふたりの観客の前で、帽子を脱ぎ、メガネを外すと、ブルーグリーンの瞳が月明かりに負けじと輝いている。

……一遍の人生のためには、ひとつの街、ひとりの人、ひとつの書物があれば充分なのだ……。

ミミの声は朗々と響き渡り、わたしたちは言葉を失う。

月明かりで腕時計を眺めると、ピタリと十二時を指していた。

「サキはミミだったんだよね。私が困ったり、迷ったり、堕落しそうになったとき、いつでも救ってくれた。そんな奇特な人、ミミしかいなかったんだって少し前に気づいた」

「ノンちゃん、立派になったね。もうあたしの出る幕はないよ」

「そんなことない。まだまだ危なっかしいよ。もっと傍にいてよ」

「あたしがサキだってこと、いつ気づいた?」

「学者さんに会った時、ミミの本名は『崎本しのぶ』だって聞いたんだ。それで『サキ』のことも、美智子さんの店が『しの』だったことも、やっとわかった」

「名前は、施設で初めて戸籍を作ったときにそこの園長さんが付けたんだ。養子に入ったから、名字はクラゾウじいさんのものだ。どっちも嫌いな名だよ」

「もういいんだよ。ミミはミミだ！　誰にも他の名前で呼ばせやしない」

「あたしには幾つもの名前がある。その数は百を超えるだろうね。そのほとんどが呼ばれたくない汚い名前だった。カナさんには感謝してるけど、ヌードモデルだって、あたしみたいにどこの馬の骨だかわかんないような人間にとって娼婦と変わんない。ノンちゃんとは生きてきた道があまりに違い過ぎる」

「帰っておいでよ、この街に！　近くにアパートでも借りて、ミミは絵を描いて私がそれを売る。夢みたいだろ！」

「夢は夢さ。いつか重荷になる、いつか邪魔になる。あたしはこれでいい。ノンちゃんもこの街も、あたしには手の届かないものだ」

「時間をかけて元のミミに戻ればいい。私はいつまでも待つよ。カイと一緒に」

「この間、マモルが全部告白してくれたよ。マモルのことがなくても、あたしは、こんな人生だったような気がする。ずっと身内と暮らしていたのに誰も名乗ってくれなかった。あたしがいるとみんなが困る。自分を責める。あたしは疫病神さ」

「違う！　それは違うよ。誰も困ってなんかいなかった。心強かった。幸せだった。マモルさえあんなことしなければ……」

「あんな奴だけど、いちおう弟だからね」

「学者さんは、ミミが小さい頃から学問の楽しさを教えた。その後は美智子さんが引き継いだ。ミミがひとりで生きてくために学問の武装をさせたんだ。それも愛のひとつの形だよ」

「娼婦に学問は必要なかったよ。だけど大丈夫だよ。あたしはノンちゃんが思ってるほど不幸じゃない。ノンちゃんのお父さんの言葉が、いつもあたしを救ってくれた」

「父さんも死ぬまでミミのこと忘れてなかったんだよ。もっともっと、できれば毎日会っていたかったね」

「そうすりゃ、もっと辛い別れが来たさ。人間は飽きっぽいものだからね」

私は首を振ってミミの手を握った。何かを言おうとしても涙が先になる。

ミミは頭を傾《かし》げて、小さな声でフフフ……と笑った。

「ノンちゃん、相変わらず泣き虫だ。カイのお母さんだってのに、相変わらず甘ちゃんだ」

私は無性に腹が立ってきた。この十五年はいったい何だったの？　こんがらがったミミの人生の糸をほぐして真っすぐにしたかった。会えたらふたりでひしと抱き合う場面ばかり夢想していたのに。これじゃあいつまでも飼い主に食事を待たされてる犬みたいだ。

「ミミの言ったとおり、私は立派になんかなってない。まだまだ甘ちゃんなんだよ。だから傍にいて欲しいんだよ。ミミともっと泥棒したいんだよ。時代はとっくに変わったんだ。もう武装する必要もないし、本当の名前を隠す必要もない。お願いだから私の前では思いっきり泣いてよ。弱味を見せてよミミ……大バカミミ！」

ミミは私の涙の絶叫を黙って聞いていたが、終《しま》いにはプッと吹き出して言った。

「君はおっそろしくセンチメンタルな奴だなあー」

そして、両手を胸の辺りまで上げ、首を竦《すく》めておどけて見せた。ミミが買ってくれた『月と六ペンス』の中のチャリー・ストリックランドのセリフだ。

「簡単に泣けるのはノンちゃんみたいな幸せな人間だけだ。あたしには泣くことだって許されてないんだ。それが解らないノンちゃんの方がバカさ」

そう冷徹に言い置いて、ミミはクルリと向きを変えた。

「帰らないで、まだまだ全然話し足りないよ！」

急ぎ足で去っていくミミの後ろ姿に声を出さずに叫んだが、ミミは振り返らず、立ち止まることもない。誰が何と言っても私は変わらない。そうやって生きてきた。そうしなければ生きられなかった……頑《かたく》なな背中がそう答えた。マモルは遠く離れた川縁で、ぽつんと座っていたが、ミミがいないことに気づいて急いで後を追う姿勢を取った。私は急いでマモルのところに走り寄り、そして言った。

「ねえマモル。これだけは忘れずにミミに伝えて欲しいんだ。美智子さんが一番愛したのは、ミミの父親の米兵だった。美智子さんはその人にミミって呼ばれてたんだ。忌《い》まわしい思い出なら、そんな名で自分の子供を呼んだりしない。美智子さんはその米兵がくれたジェリービーンズの甘さをずっと忘れることはなかったんだ。ミミは愛されて産まれた子供だったんだよ」

マモルは黙って頷いてから、隙だらけの後ろ姿を見せてすっ飛んでいった。

8

私は何度も何度もあの冬の日を回想する。学者さんのこと、マコトのこと、マモルのこと、学生運動のこと、父のこと、その他言いたいことは山ほどあったのに、何も言えなかった。しかし、ミミは解っていた。私の言いたいことなど言わなくても解っていたのだ。

ミミは東京都下の小金井市に家を買って本格的に描いている、と時々ミミの絵を運ぶために来廊するマモルに聞いた。マモルは私に許されていないと思ってか、余分なことはほとんどしゃべらない。小金井は学園都市としても有名な静かなベッドタウンだ。やっと自分の居場所が持てたのだ。これで安心して絵を描くことができるのだろう。マモルは、たとえ評価を得たとしても美術館に飾るようなことはするな……とミミに言われているらしく、辰子さんのところと山田画廊にしか絵を出さなかった。

七〇年代の高度経済成長期真っただ中、ミミの絵は一部の熱狂的ファンが付いて、その値は鰻登り。支持者の間では引っ張りだこ状態だった。辰子さんの画廊も山田社長も、それを独り占めするような人間ではなかったので、何かミミの意向に添うようにお金を使いたいと考えた。ミミは何も伝えてこなかったし、素直にこうして欲しいと言うような人間でもなかったので、わたしたちはひとつの構想を練っていた。ミミにとって、肩代わりしたマモルの時効も明けたというのに、一番会いたいと思うはずのマコトに会いに来ることもなかった。

今こそ、ただしさんにミミのすべてを話す時がきたのだ。

初めて会った時のように、経堂の喫茶店で待ち合わせた。私の話が終わると、黙って聞いていたただしさんは、しばしの沈黙の後、きっぱりと言った。

「それじゃあ造っちゃいましょう。あなたの街でマコトさんが快適に暮らせるホームを。ミミさんは間違いなく、あなたとあなたの街が切ないほど好きなんです。あそこなら土地も安いし自然も多い。最適だと思いませんか？　それに、マコト君だけでなく、なるべくたくさんの人を幸せにしたいと思いませんか？」

「ミミも自分だけが幸せになろうなんて露《つゆ》ほども考えない人間です。でも、ごらんのとおり私は力のない人間です。結婚だってしてませんし」

「それを相談するために私に会いに来てくれたんでしょう？　あなたはあなたの土地で良い人脈を持っているではありませんか」

それも、城田を除いてミミが与えてくれた人たちだ。

「メイが、アメリカの大学に入っています。アメリカは大国としての傲慢《ごうまん》で劣悪なところもありますが、福祉に関してはノルウェーやスウェーデンに並ぶ先進国です。ケイトも、そういったことに前から深い関心を持っています。私はよしさんの代わりにお手伝いできることはします。私もS・ミミの熱烈なファンのひとりですから。どうです、メイとケイトに任せてみては」

S・ミミとは、わたしたちが勝手に付けたミミの雅号だ。

「ああ、それが実現したらこんなに嬉しいことはありません。ケイトもメイも私の大好きな人たちですから」

私はもうひとつのアメリカ、ケイトたちのような困った人を見れば放ってはおけない善良で親切なアメリカ、ミミの血の中の半分のアメリカを信じることにした。

アオちゃんは緑山園をしっかり改革してから新しいホームに移るという。デパートに押されて、今や閑古鳥《かんこどり》が鳴いている文房具屋のご主人は、すでに福祉介護士の資格を取った。しばらくぶりに会ったタケにいは、年をとって鉄工所の仕事もきつくなってきたとかで、ホームの調理の仕事に当たる覚悟でいる。城田は、何度もアオちゃんの施設を訪ねるうち、アオちゃんに恋してしまったようで、喜んで職員になるらしい。しかし、それで結婚できるかどうか、私には約束はできない。銀座の画廊も山田画廊も、ミミの絵から得る収益の半分は、資金に充てる考えだ。さらに辰子さんは、「コウからも分捕ったほうがいいわよ。あいつ、そうとう金回りがいいみたいだし、前の女房を捨てて十五も若い女と再婚したんだから。なんなら一千万くらい……」と鼻息が荒い。

問題は山田社長と私だ。画廊の仕事をする人がいなければ、ミミの絵を売ることができない。何より、ふたりともこの仕事が大好きなのだ。悩んだ末に、画廊をやりながら資金面で協力する、ということで話は落ち着いた。

三年ほどして、メイが日本に帰ってきてすぐにマコトたちのホームは開所した。マコトが喜んでいることを知って嬉しいに違いないのに、山田画廊にもマコトのところにも、ミミは一度も訪れることはなかった。

一九八四年、四十にあと少しというところでミミは逝った。

「安らかな最期だったよ。まるで死ぬのが嬉しいみたいだった」

マモルの声に悲壮感はなく、どこか達成感のようなものさえ漂っていた。

「もっと早く、あと三日早く知らせてくれれば……酷いよマモル！」

「ミミが呼ぶなって言ったんだ。でも、ノンちゃんがあの時言ったこと、ちゃんと伝えたよ。あの日帰ってすぐに」

「解ってたよ。だってミミの絵、あれからどことなく穏やかになったもの。この方が売れるけど、前のような激しい絵、また見たいねって、社長とよく話してた」

「どんな家に住んでたの？　どんな風に暮らしてたの？」

「何でも、前に殺人事件があったとかで格安に売りに出てた家だよ。家はオンボロだけど、庭はすごく広いんだ。ちょっとした森みたい……。昼食を食べた後、少し庭を歩いてた。もとからアトリエがあって、採光も湿度もちょうどいいって、ミミはすごく気に入ってたよ。描いてるとこは一度も見せなかった。俺、ミミの勧めで大学で設計の勉強して、今は近くに事務所も持ってる。だから、ミミとは昼食の時しか顔を合わせなかったんだ。そのほうが落ち着いて描けるみたいだったから」

マモルの話を聞いてるうち、生きてる時は謎めいていたミミの様子が、ありありと浮かんできた。

一か月ほどして、マモルに招かれてミミの家を訪ねた。小金井の家は、ところどころ治療が施され、やっとの思いで立っている病人のようだった。

「設計士なのに、なんとかできなかったの、この家」

「ミミが直しちゃダメだって。みんなお化け屋敷って呼んでるみたいだぜ」

マモルの言うアトリエに案内してもらうと、ふとミミが髪を振り乱して絵を描いてる姿が壁に映った気がした。

「俺、ミミが死んで久しぶりにここに入って驚いたよ。すごい数だろう?」

板張りの広いアトリエに縷々《るる》と並べられた風景とも人物ともとれる、どれもミミの烙印《らくいん》が押されたようなミミの絵だ。その中にミミのヌードの自画像が一塊《かたま》りに置かれている。モデルを使うのを嫌って、横に鏡を置いて自分の裸体を描いていたらしい。それはだんだん年老いてきて最後は白髪の老婆だ。未来の自分を想像で描いたものなのだろうか。

「俺が全部ミミの食事を作ってた。と言っても、鳥ガラと野菜のスープだけだけど。『魔女は食べなくても千年生きるのさ』とか言って、それ以上はいくら勧めても口にしなかった。死ぬ前は髪の毛は真っ白でガリガリに痩せて、七十歳ぐらいに見えたかな。ちょうどその絵の感じだよ」

「マモル、ひとつ聞きたいんだけど」

「何?」

「そんなミミを、やっぱり愛してた?」

「もちろんだよ。ミミはいつだってステキだった。俺の天使だった」

「……マモル……あんたを許すよ」

「…………」

マモルは必死に泣くのを堪えてる様子だったが、声が微かに震えていた。

「時々、近くの桜公園にスケッチに行くんだけど、今日は山が見えなかった、なんてすぐ帰って来ちゃった。あそこは元から山なんかないんだもの」

「…………」

「あたしは変装の名人なんだ。今日はノンちゃんのところに行ったけど誰にも気づかれなかった、とか、マコトは相変わらず丸くて小さいねえ、なんて妙なことよく言ってた」

「…………」

「それからね、ずいぶん前から描いてたみたいなんだけど、おかしな絵があるんだ」

そういって、アトリエの角の一番隅に置かれた絵のところに移動した。そこには二十号ほどの大きな絵が立て掛けてあったのだが、ミミのフォーブな画法とはまるで違う、遠近法も陰影も無視したアンリ・ルソーのようなプリミティブ・アート（素朴画）に属する絵だ。

キャンパスの半分ほどのところに虹が描かれてあって、そこには真ん中に私の父が大きな口を開けて笑っている。虹の上にちょこんと座った小松屋のおばさん。亡くなった親族はもちろんのこと、クラゾウも幽霊男と思われる人もいる。不思議に幽霊男は赤ん坊を抱いていて、美智子さんはその横で愛しそうに赤ん坊を覗き見ている。

今となっては定かではないが、マコトは幽霊男の子供だったと考えると、私の中のジグソーパズルのピースがまたひとつ埋まった気がした。マコトの障害が解るまでのほんの短い間、美智子さんと幽霊男は本当の夫婦であった時期があったのではないか。死者は皆、その一番幸せだった頃の姿が描かれている。

虹の下には、この世で関わりのあった人物が描かれているのだが、私の顔の前に大きくカイの顔が描かれてあり、私はほとんど隠れている。一番前に長屋時代、たいしてクロを可愛がっていた様子もないマモルがクロを抱いて一番前で麗々《れいれい》しく輝いている。私は何だか釈然としない。

「マコトのホームができたと聞かされたとき、嬉しそうに周りに人をたくさん描いたんだ。死んだと聞かされた人は塗りつぶして上に描き加えたり……これは誰にも見せちゃだめだよ。子供のお絵かき遊びみたいなもんなんだから……って、一度だけこの絵を見せてくれたとき、そんなこと言ってたよ」

「ふーん」

「ノンちゃんは？って聞いたら黙ってたんで、見せてもいいんだなって思ったんだ」

「ねえマモル、ミミの最期の言葉を教えて」

一度でも、私の名を呼んでくれたのだろうか？

「そう言えば、『ホープ』……って、何度も言ってたな。クラゾウは両切りの新生だったけど、お袋がホープだったたな。よく買いに行かされてたから、そんな場面が頭に浮かんでたのかな」

誰の名でもなく煙草の名前かあ……ミミらしいね、とふたりで声を揃えて笑った。

私は家に戻ってからも、あの不思議な絵のことが頭から離れなかった。あの長屋での映像を脳裏で回しているうちに、あっと気づいたことがあった。クロが、なぜ虹の下にいたのかを理解した。あのお化け屋敷にずっと住むと言っていたマモルに電話を入れた。

「ねえマモル、やっと解ったよ！　クロはミミだったんだ。あの絵を見て、ずっと不思議に思ってた。マモルがクロを抱いてたよね。あの頃から、言いたくないけどミミもマモルを愛し始めてたんだ。ミミのことだからその気持ちを表に出すことはしなかったけど、私にだけ解るようにあの絵を描いたんだ」

電話機を握っているのは感じられたが、マモルはずっと無言だった。

「あのねえマモル、昔、ミミから聞いたことを思い出したんだけど、『ホープ』は煙草の名前じゃなくて、ミミが密かに付けたクロの本当の名だよ！　あの絵をもう一度観てごらん。クロの首輪のどこかに見えないくらい小さく書いてあるはずさ。『HOPE』って。そして、マモルと私の絵のどこかにも、きっと書いてある」

「うん、確か何か書いてあったような気がする。もう一度拡大鏡で見てみるよ」

「私もミミと最初に別れたとき、クロが傍にいてくれて自然に泣けた。きっとミミは、クロの前でだけは泣いたんだ。だからクロはミミより先には死なない。たとえ絵の中でも。その前で泣いたんだ。思いっきり泣くことができたんだよ」

「………」

「マモルお願い、今は泣かないで！　わたしたちはミミにとっての希望だった。『希望』それが、わたしたちの本当の名前だ！」

マモルは咽の奥から苦しそうに声を発した。

「あの絵のノンちゃんの横にね、ひとり分の空白があるんだ。それ、山田社長だと思うよ。俺がよく話してたから、あのふたりはお似合いだって」

「そしたら天上のミミは、もっと安らかになれるんだろうか」

「ノンちゃん、もうミミのことはいいんだよ。これからはノンちゃん自身とその周りの人のために生きて。それがミミの遺言なんだよ」

わたしたちは晴れ晴れとした気持ちで電話を切った。その後、マモルは管理人を雇ったらしく、三十後半の清々《すがすが》しい感じの女性が絵を運んでくるようになった。

「マモルと結婚するの？」と聞いてみると、

「わたしたちは夫婦で雇われたんです。主人は車の事故で車椅子生活なんです。あの家の庭の一角に、マモルさんがわたしたちの小さな家を造ってくれました。あの家とS・ミミの絵は、生涯をかけて守ります」

真剣な面持ちで答えた。

それから一年後に私は山田社長と結婚し、その一か月後に、マモルはどこかの海で自殺を図った、と管理人さんから聞かされた。「姉の遺骨と一緒に海に還ります。心残りは微塵もありません」という短い走り書きを遺して。

遺体はまだ見つかっていない。永久に見つからなければいいと心から思う。

私の中の潮騒は低く小さく鳴り続け、いつしか私の基調音になった。マモルたちと一緒にあの不思議な絵も消えた。その役割をすでに終えた絵はマモルが密かに焼いてしまったのだろう。それに、これからは誰かが死んでも虹の上には昇れない。マモルはマモルなりにそう考えたのだったろう。

著者プロフィール

鈴木　律子（すずき　りつこ）

1947年、群馬県前橋市で生まれる。
東京農業大学短期栄養科卒。現在フリーライター。
結婚で三人の子を授かるが離婚。
次女は重度の知的障害者。
小説は初出版。

わたしたちの名前

2011年11月１日　第１刷発行
2011年11月20日　第２刷発行

著　者　鈴木　律子

発行者　米本　守

発行所　株式会社　日本文学館

〒160-0022　東京都新宿区新宿5-3-15
電話 03-4560-9700（販売）FAX 03-4560-9701
E-mail order@nihonbungakukan.co.jp

印刷所　株式会社　晃陽社

ISBN978-4-7765-3111-1